H. P. KARR

Vera Falck ermittelt

EIN POTT VOLLER RÄTSEL Wer hat den bekannten Psychotherapeuten in Dortmund ermordet? Was passierte wirklich bei der Geiselnahme im Gelsenkirchener Amtsgericht? Wer bedroht die berühmte Musicaldarstellerin aus Oberhausen? Und was steckt hinter dem Mord in Duisburg?

Wenn die Kripo vor Ort nicht mehr weiterweiß – dann kommt Vera Falck von der SOKO Ruhr zum Einsatz. Die Sonderkommissarin ist clever, sportlich und löst jeden Fall mit der ihr eigenen Kombinationsgabe.

Begleiten Sie Vera Falck an die Tatorte zwischen Duisburg und Dortmund, sammeln Sie Indizien, ziehen Sie gemeinsam mit der Kommissarin Schlussfolgerungen und spüren Sie so selbst die Täter auf. Die Ratekrimis von H. P. Karr sind der ideale Krimigenuss – am Stück oder auch für zwischendurch.

H. P. Karr, geboren in Thüringen, lebt seit 1960 im Ruhrgebiet. Er veröffentlichte bisher zahlreiche Kriminalstorys, Hörspiele und Romane. Für den »Gonzo«-Thriller »Rattensommer« erhielt er gemeinsam mit Walter Wehner den Friedrich-Glauser-Preis.

H. P. KARR

Vera Falck ermittelt

30 Rätsel-Krimis

GMEINER *Original*

Personen und Handlung sind frei erfunden.
Ähnlichkeiten mit lebenden oder toten Personen
sind rein zufällig und nicht beabsichtigt.

Besuchen Sie uns im Internet:
www.gmeiner-verlag.de

Im Ehnried 5, 88605 Meßkirch
Telefon 07575/2095-0
info@gmeiner-verlag.de

1. Auflage 2013

Lektorat: Sven Lang
Herstellung: Julia Franze
Umschlaggestaltung: U.O.R.G. Lutz Eberle, Stuttgart
unter Verwendung eines Fotos von: © Polizeihistorischer Verein
Stuttgart e.V.
Druck: GGP Media GmbH, Pößneck
Printed in Germany
ISBN 978-3-8392-1370-4

Max oder Moritz – Quickie

1. Vera jagt die Drachen – Duisburg
2. Hausmusik für vier Ganoven – Duisburg
3. Dreifache Unschuld – Duisburg

Die Sensation – Quickie

4. Rache für den toten Bruder – Oberhausen
5. Alte Freunde sterben später – Oberhausen
6. Dunkle Vergangenheit – Oberhausen

Das Skelett – Quickie

7. Schach dem Mörder – Mülheim
8. Die Teilzeitbetrügerin – Mülheim
9. Wo steckt Olschewsky? – Essen

Witwe eiskalt – Quickie

10. Mord mit links – Essen
11. Der einzige Zeuge – Essen
12. Ein Detektiv muss alles wissen – Essen

Der Abenteurer – Quickie

13. Der Karten-Coup – Essen
14. Abrechnung unter Freunden – Velbert
15. Diebstahl mit Geduld – Gelsenkirchen

Die Mutter – Quickie

MAX ODER MORITZ?

Für Kommissarin Vera Falck ist es eine Selbstverständlichkeit, dass sie zur Trauerfeier für Ewald Stratmann kommt. Sie hat damals dafür gesorgt, dass ihr Kollege nach der Schussverletzung, durch die er dienstunfähig geworden ist, einen Posten als Sicherheitschef bei Kroemer-Bau bekommen hat. Das ist ein mittelständisches Duisburger Bauunternehmen, das gerade die Ausschreibung für ein großes Projekt am umstrittenen Innenhafen gewonnen hat. Stratmann ist vor einer Woche ganz unerwartet gestorben – ein Infarkt aus heiterem Himmel.

Klaus Kroemer, der Firmenpatriarch, wartet nach der Trauerfeier auf dem Parkplatz bei seinem Wagen auf Vera Falck.

»Ein Schock, dieser plötzliche Tod von Ewald«, sagt er. »Er war einer meiner besten Mitarbeiter, fast ein Freund. Er hat alle Sicherheitsfragen geregelt und auch die Bewerberüberprüfungen gemacht, wenn wir Stellen neu besetzt haben.«

»Es wird einige Zeit dauern, bis Sie einen passenden Nachfolger für ihn finden«, bemerkt Vera Falck.

»Und das gerade jetzt, wo ich wegen des Auftrags am Innenhafen eine Leitungsposition neu besetzen muss«, sagt Kroemer. Er holt ein paar Unterlagen aus seinem Wagen. »Sie haben Ewald damals für diesen Posten empfohlen, Frau Kommissarin. Können Sie in den nächsten Tagen mal auf diese Bewerbungen schauen? Eine Führungsposition, sehr gut bezahlt mit einer halben Million pro Jahr. Im Finale sind zwei Bewerber. Max Hoffmann und Moritz Schellbaum – Max und Moritz, wie ich sie für mich nenne. Max ist smart, hat die besten Zeugnisse englischer Business Schools und verfügt über genau die Weltläufigkeit, die ich mir vorstelle. Moritz stammt aus Biberach an der Riß, ist etwas bieder, aber auch seine Zeugnisse sind brillant. Freilich nur von deutschen Hochschulen. Dafür hat er aber schon mit 36 bereits drei Jahre Auslandserfahrung – er war, wie Sie an den Zeugnissen sehen, von 2007 bis 2010 für einen Großkonzern in Macao.«

»Schwierige Entscheidung«, meint Vera Falck, während sie die Unterlagen der beiden überfliegt. Sie fischt Kopien einer Geburtsurkunde und ein Schulzeugnis heraus. Max ist in Indonesien geboren, die Geburtsurkunde nennt Batavia als Geburtsort und den 3.6.1978 als Geburtsdatum.

»Der Sohn eines deutschen Diplomaten und seiner indonesischen Frau«, erklärt Kroemer. »Sagt er jedenfalls. Er ging dann dort zur Schule, bis sein Vater nach Europa abberufen wurde.«

»Grundschule in Batavia, richtig.« Vera Falck sieht sich die Kopie des Schulzeugnisses und die beigefügte englische Übersetzung an.

»Max meldete sich auf unsere Stellenausschreibung«, fährt Kroemer fort. »Von Moritz kam eine Initiativbewerbung – seltsamerweise zwei Tage, bevor wir den Zuschlag für den Innenhafen-Auftrag erhielten.«

»Das mag Zufall sein«, sagt Vera Falck. »Kein Zufall ist jedoch, dass Max seine Bewerbungsunterlagen gefälscht hat.«

Was ist ihr aufgefallen?

Lösung Vera-Falck-Quickie

Die Geburtsurkunde und das Schulzeugnis von Max stammten aus Batavia in Indonesien. Batavia ist der alte Name der Hauptstadt Jakarta. Die Stadt wurde 1942 in Jakarta (bis 1972: Djakarta) umbenannt, und dieser Name sollte sich dann auf nach 1972 ausgestellten Geburtsurkunden finden.

VERA JAGT DIE DRACHEN

Eins weiß Kommissarin Vera Falck ganz genau: Señor Maciste aus Barcelona wird seinen ersten Besuch in Deutschland immer in Erinnerung behalten – wenn auch in keiner besonders angenehmen. Denn Bernardo Maciste hat hier in Duisburg Bekanntschaft mit dem Verbrechen gemacht. Und weil die SOKO Ruhr mit Vera Falck und ihrem Kollegen Koschinsky gerade im Polizeipräsidium an der Düsseldorfer Straße stationiert ist, landet der Fall bei ihr. Wahrscheinlich will man auch nicht, dass Señor Maciste einen schlechten Eindruck von der Duisburger Kripo bekommt – schließlich hat man sich hier viele Jahre lang ziemlich schwer getan, sich mit dem Schmuddel-Charme des Kommissars Schimanski aus dem Fernseh-›Tatort‹ anzufreunden.

Also sitzt jetzt Kommissarin Vera Falck im Klinikum Duisburg in Wanheimerort am Bett des verletzten Deutschlehrers aus Barcelona und versucht Señor Macistes derzeit sicherlich schlechten Eindruck von Schimanski-Town wieder geradezurücken. Die Fakten des Falles hat Veras Kollege bereits aufgenommen, aber das hindert Señor Maciste natürlich nicht daran, alles noch einmal zu erzählen.

»Ich wollte einen kleinen Spaziergang zum Margaretensee machen, den ich vom Hotel aus sehen konnte«, berichtet der Spanier. Ein dicker Verband ziert seinen Kopf, ansonsten scheint er nicht verletzt. »Ich nahm meine Digitalkamera mit – das allerneueste Modell, sehr teuer. Ich war auf der Friedrich-Alfred-Straße unterwegs, als ich auf einmal von hinten ein Skateboard heranrollen hörte und plötzlich niedergeschlagen wurde. Ich sah tausend Sterne und erkannte nur noch, dass der Kerl ein schwarzes Kapuzenshirt trug, als er sich über mich beugte, um mir die Kamera wegzureißen. Ich habe um mein Leben gefleht, aber er verstand natürlich kein Spanisch und in meinem Schock fielen mir die richtigen deutschen Worte nicht ein. Ach ja – er hatte eine Tätowierung auf dem rechten Handrücken: einen Feuer speienden Drachen … aber davon habe ich Ihrem Kollegen ja schon erzählt.«

Koschinsky wartet vor dem Krankenzimmer. »Trotz seiner Gehirnerschütterung ist Macistes Gedächtnis sehr gut«, sagt er. »Er hat mir die Tätowierung des Täters genau beschrieben, und durch einen Informanten habe ich herausgefunden, dass dieser Drache nur von einem Tätowierer in Duisburg gestochen wird – der Typ betreibt einen Szeneladen in Marxloh. Ich habe mit ihm gesprochen. Er erinnert sich gut an drei Burschen, die sich von ihm den Drachen haben stechen lassen: Mehmet Algün, Jo Brennecke und Nico Karrenbauer. Und als ich die Namen überprüft habe, fand ich heraus, dass die drei meist auf einem Spielplatz am Margaretensee herumhängen, wo sie laute Musik hören und Bier trinken.«

»Dann hat einer von ihnen gestern wohl in Señor Maciste mit seiner nagelneuen Digitalkamera eine gute Beute gesehen«, vermutet Vera Falck. »Wir sollten uns mal mit den dreien unterhalten.«

»Ich habe noch mehr herausgefunden«, sagt Koschinsky stolz. »Weil Señor Macistes Kamera ein seltenes und teures Modell ist, habe ich mich einmal bei den Leihhäusern umgehört – und siehe da: Heute Morgen hat Mehmet Algün eine solche Kamera versetzt. Der Speicherchip war noch drin, und aus den Bildern darauf geht klar hervor, dass es Macistes Kamera ist.«

Die drei jungen Männer tragen Kapuzenshirts, Jeans und Turnschuhe und lungern auf den Bänken des Spielplatzes am

Margaretensee herum. Sie haben eine Palette Red Bull dabei und einen MP3-Player, aus dem lauter Hip-Hop dröhnt. Ihre Skateboards lehnen an der Bank, auf der sie herumlümmeln. Der Dienstausweis von Kommissarin Vera Falck beeindruckt sie wenig.

»Wollen Sie uns wieder verjagen?«, fragt Mehmet Algün, während Koschinsky die Papiere der drei kontrolliert.

»Sie haben heute eine Kamera versetzt, die gestern um diese Zeit hier jemandem geraubt wurde!«, sagt Vera Falck.

»Ha, Mehmet, hast du einen Mann beraubt?«, spottet Nico Karrenbauer und steht auf, um den MP3-Player auszuschalten. Er hinkt deutlich, als er zu seiner Bank zurückgeht.

Mehmet starrt seinen Freund Jo Brennecke an. »Hey, Jo, was war mit der Kamera?« Er wendet sich an die Kommissarin. »Die Kamera hab ich von Jo, er hat sie mir heute Morgen gegeben.«

»Was erzählst du da für einen Blödsinn!«, fährt Jo ihn an. »Ich habe dir nie eine Kamera gegeben.« Jetzt wendet er sich an Vera Falck. »Außerdem war ich gestern gar nicht hier. Keiner von uns war hier.«

»Einer schon«, sagt Vera Falck. »Der Mann, der überfallen wurde, hat exakt die Tätowierung beschrieben, die ihr auf euren Handrücken habt: den Drachen.«

»Ja, wir sind die Dragons!«, grinst Karrenbauer. »Und was mich angeht, war ich gestern wirklich nicht hier, sondern bei meiner Schwester in Wedau – den ganzen Tag lang.«

Jo Brennecke stößt Mehmet an. »Nun gib schon zu, dass du den Spanier um seine Kamera erleichtert hast!«

»Wieso sollte er?«, sagt Vera Falck. »Es ist klar, dass Sie der Täter sind, Jo!«

Was ist Vera Falck aufgefallen?

Lösung 1. Rätsel-Krimi

Jo Brennecke bezeichnete das Opfer als Spanier, obwohl die Kommissarin nie erwähnt hat, dass es ein spanischer Tourist gewesen ist, der beraubt worden ist.

HAUSMUSIK FÜR VIER GANOVEN

Der Bereitschaftsdienst in dieser Nacht verspricht ruhig zu werden. Kommissarin Vera Falck zieht ihre Dame und sagt: »Schach!«

»Und matt«, erkennt ihr Kollege Koschinsky resignierend.

»Man spielt nicht nur, um zu gewinnen, sondern auch, um sich zu amüsieren«, meint Vera Falck.

Die Observation, zu der sie eingeteilt sind, zieht sich jetzt schon seit zwei Wochen hin. Sie stehen in Duisburg-Duissern in der Hohenstaufenstraße vor einem der ansehnlichen zweigeschossigen Häuschen. Der Mann, dessen Aktivitäten sie im Auge behalten, gibt als Berufsbezeichnung gern ›Gastronom‹ an – was insoweit stimmt, als dass ihm drei Szenekneipen in der Innenstadt gehören. Sein Vermögen hat er allerdings nicht mit dem Verkauf von Powerdrinks und Bier gemacht, da sind sich Vera Falck und ihre Kollegen sicher, sondern mit dem Verkauf von Drogen.

Doch um ihm das nachzuweisen, wird die SOKO Ruhr ihn noch lange observieren müssen.

»Oder haben wir was übersehen?« Koschinsky schaut aus dem Fenster hinüber zum Haus.

»Ich glaube kaum«, sagt Vera. »Obwohl das natürlich schon den Besten von uns passiert ist. Dass sie einfach nicht gesehen haben, was da vor ihrer Nase abläuft.« Die Kommissarin genehmigt sich einen langen Schluck Kaffee aus ihrem Thermosbecher. »Das war zum Beispiel bei unserem Kollegen vom BKA so, der nach den Morden in der Pizzeria beim Hauptbahnhof nach Duisburg gekommen war, um die Mafia-Hintergründe des Anschlags zu ermitteln. Kriminalhauptkommissar Dieter P. Lortzing von der Ermittlungsgruppe ›Organisierte

Kriminalität‹ sollte bei uns eine Adresse überprüfen, die man während der Razzia in Frankfurt bei einem der Köpfe der dortigen Mafia gefunden hatte. Die Adresse war in der Hedwigstraße hier in Duisburg, ganz in der Nähe dieser Pizzeria am Silberpalais, in der es kurz zuvor diese Morde gegeben hatte. Die Anschrift und so etwas wie eine Terminnotiz waren nur als durchgedrückte Spur auf dem Notizblock entdeckt worden, sodass man davon ausgehen konnte, die Verdächtigen ahnten nichts davon, dass die Polizei diese Anschrift kannte. Freilich war auch nicht klar, ob die Anschrift wirklich mit der organisierten Kriminalität in Verbindung stand.

KHK Dieter P. Lortzing kam also in seinem schicken BMW-Dienstwagen aus Wiesbaden ins Ruhrgebiet und machte sich daran, das Haus in der Hedwigstraße zu beobachten. Ich war ihm als Verbindungsbeamtin zugeteilt, was der KHK Dieter P. Lortzing allerdings geflissentlich ignorierte, denn schließlich war er vom BKA und es war unter seiner Würde, sich mit jemandem wie mir abzugeben. Das Haus in der Hedwigstraße gehörte einem Ludger Sibelius, der dort allein wohnte. Sibelius war ein scheinbar harmloser Musiker ohne Verbindungen zur organisierten Kriminalität. Das hatte jedenfalls meine erste Überprüfung ergeben.

Tagelang lag Dieter P. Lortzing vergeblich in seinem Wagen vor Sibelius' Haus auf der Lauer, bis an einem Samstag endlich etwas geschah. In einem Taxi kamen drei Männer, jeder hatte einen kleinen Violinkasten dabei. Lortzing fotografierte die Besucher mit dem Teleobjektiv, als sie in Sibelius' Haus verschwanden. Was drinnen geschah, konnte er nicht sehen, er hörte nur nach einer Weile leise Streichmusik, die aus dem Haus kam. Noch immer war nicht klar, ob es sich hier um eine verbrecherische Aktion handelte.

Um noch ein paar Hinweise zu bekommen, staffierte sich

Dieter P. Lortzing als Tourist aus – mit Sonnenhut, Stadtplan und umgehängter Kamera und klingelte bei Sibelius. Der öffnete – mit einer Violine samt Geigenbogen in der Hand. Er reagierte sehr unwillig, als Lortzing sich nach einer Kirche erkundigte, die in der Nähe sein sollte.

›Nie davon gehört!‹, knurrte Sibelius. In der Wohnzimmertür tauchten mit fragenden Gesichtern seine drei Besucher auf. Auch sie hatten Violinen in den Händen.

›Sie stören uns bei unserem Streichquartett!‹, raunzte Sibelius den KHK Dieter P. Lortzing an. ›Verschwinden Sie!‹

Frustriert trat Lortzing den Rückzug an. Er beobachtete noch, wie die drei Besucher von Sibelius nach zwei Stunden mit ihren Geigenkästen in einem Taxi wegfuhren. Er folgte dem Taxi bis nach Düsseldorf zum Flughafen. Dort verlor Lortzing, dieser Pechvogel, die drei dann aus den Augen. Jetzt erst fuhr er zu uns ins Präsidium, ließ die Fotos der Besucher ausdrucken und legte sie unseren Experten für organisierte Kriminalität vor. Die erkannten in den Besuchern von Sibelius zuerst einmal Nicolo Fiorenza und Rodrigo Macetti, die Mafiapaten von Palermo, und Henri Berlioz, den großen Rauschgifthändler aus Marseille, wieder. KHK Dieter P. Lortzing war unsagbar wütend. ›Hätte ich doch nur einen einzigen Hinweis darauf gehabt, dass bei diesem Treffen der vier etwas nicht stimmt!‹, fluchte er.«

Kommissarin Vera Falck lächelt ihren Kollegen Koschinsky an. »Sie werden verstehen, dass der BKA-Mann noch wütender wurde, als ich ihm sagte, dass es tatsächlich einen Hinweis darauf gab, dass die drei sich mit Sibelius nicht zum Streichquartett getroffen hatten.«

Was meint Vera Falck?

Lösung 2. Rätsel-Krimi

Ein Streichquartett besteht seit der Wiener Klassik in der Besetzung aus zwei Violinen, Bratsche und Violoncello. Eine Bratsche und ein Violoncello sind deutlich größer als eine Violine. Allein deshalb ist schon klar gewesen, dass Sibelius gelogen hat.

DREIFACHE UNSCHULD

Der Wachmann in der Uniform des Forums-Personals hat eine dicke Beule am Kopf, aber mehr als die Schmerzen macht ihm wohl sein verletzter Stolz zu schaffen. »Ich hätte den Burschen gekriegt«, versichert er Kommissarin Vera Falck von der SOKO Ruhr zum wiederholten Mal. »Wenn ich nicht auf diesem glatten Boden ausgerutscht wäre.«

Der glatte Boden sind die polierten Marmorplatten im Forum Duisburg, dem ›besten Europäischen Shopping-Center 2010‹, zentral auf der Königsstraße gelegen und Ziel der Shopaholics vom ganzen Niederrhein bis weit hinter die niederländische Grenze. Wahrzeichen und Krönung des Konsumtempels ist die ›Goldene Leiter‹, die durch alle Geschosse und das Glasdach sticht und 35 Meter über dem Gebäude in die Höhe ragt.

Der Tatort liegt in der ersten Etage – hier hat Ugo Grimaldi, Schmuckdesigner aus Verona, zur Eröffnung seiner ersten Filiale ›in bella Germania‹, wie er es im Interview bei Radio Duisburg ausgedrückt hat, eine kleine Ausstellung seiner besten und wertvollsten Kreationen arrangiert. Im gleißenden Neonlicht schimmern Diademe, Armreifen und Ketten in den Vitrinen. Die beiden Türen zum Laden sind fachmännisch geöffnet worden, wie die Kommissarin sofort feststellt.

»Ein Profi«, meint auch ihr Kollege Koschinsky. »Sein Pech, dass der Wächter ihn entdeckte.«

Vera Falck hebt ein kleines goldenes Amulett auf, das vor der ersten Vitrine im Raum auf dem Teppichboden liegt. »Amaci«, liest sie die Gravur und meint zu Koschinsky: »Das habe ich schon vermutet. Die Methode, mit der die Türen geöffnet wurden, wird nur von den Amaci-Brüdern angewendet.«

»Sie kennen aber auch Gott und die Welt hier im Revier!«, bemerkt Koschinsky trocken.

Vera Falck zuckt mit den Schultern. »Ich bin hier aufgewachsen«, sagt sie. »Mein Vater war ein Bulle, mein Onkel ein Ganove, und meine Mutter hatte den beliebtesten Kiosk südlich der Emscher.«

Sie geht noch einmal zu dem Wachmann. »Es war nur ein Einbrecher?«, fragt sie.

Der Mann nickt. »Ich war zu spät auf meiner Runde, deshalb hatte er wohl nicht mit mir gerechnet. Die Ladentür war offen, und er machte sich an der Vitrine mit den Ketten zu schaffen. Ich rief ihn an, er wollte fliehen, es gab ein Gerangel, er konnte sich befreien und rannte hinaus. Ich lief hinterher, aber dann stürzte ich. Auch der Einbrecher ist gestürzt. Er fiel die letzten Stufen der Treppe zum Erdgeschoss hinunter und humpelte dann weiter. Ich hätte ihn wirklich erwischt, wenn ich nicht dieses Pech gehabt hätte.«

»Es gibt drei Amaci-Brüder«, sagt Vera Falck wenig später zu Koschinsky, als sie an einem hübschen Häuschen in Duisburg läuten. »Guido, Franco und Vittorio. Alles Einbrecher der Spitzenklasse, genau wie ihr Vater Luigi Amaci. Der hatte zur Tarnung in den 80ern eine Eisdiele an der Mülheimer Straße, dort wo jetzt das ›Primavera‹ ist. Eine typische italienische Familie – die halten zusammen wie Pech und Schwefel. Die Brüder wohnen hier mit ihrer Mutter.«

Sie klingelt noch mal, und endlich öffnet ihnen ein junger, dunkelhaariger Mann die Tür. »Ah, die Kommissarin Falck!«, sagt er freundlich und trotz der späten Stunde kaum überrascht. »Kommen Sie doch herein.«

»Danke, Franco!« Vera Falck folgt dem Mann, der mit elastischen Schritten vorausgeht ins Wohnzimmer.

Vittorio Amaci sitzt im Sessel vor dem Fernseher und sieht sich, wie Vera Falck mit einem Blick auf den Bildschirm feststellt, gerade einen Mafia-Film an. Auf der Couch ist Luisa Amaci, die Mutter der Brüder, eingenickt. Jetzt schreckt sie auf, als Franco sie an der Schulter berührt. »Mamma, schau, wer uns besucht!«, sagt er.

»Meine Söhne sind unschuldig«, erklärt die alte Frau sofort, als sie Vera Falck erkennt. »Was immer auch passiert ist, wir haben nichts damit zu tun.«

Vera Falck holt das goldene Amulett aus der Tasche. »Das ist doch Ihr Familienzeichen, nicht wahr?«, fragt sie. Franco und Vittorio mustern das Schmuckstück. »Das war doch nur eine Kinderei!«, meint Vittorio und wendet seinen Blick wieder dem Fernseher zu. »Wo haben Sie das her?«

»Gefunden!«, meint die Kommissarin. »Darf ich einmal eure Amulette sehen, Vittorio, Franco?«

Franco sieht seinen Bruder im Fernsehsessel an. »Ich trage meins schon lange nicht mehr«, sagt er.

»Ich auch nicht«, meint Vittorio.

Luisa lächelt. »Ich sagte doch: Die Jungen sind unschuldig.«

Vorm Haus hält ein Auto, und gleich darauf kommt Guido Amaci hereingetänzelt. Er strahlt. »Mamma!«, jubelt er. »Du kennst die Gina, die Tochter von Giovanni – der mit dem Gemüseladen beim Forum? Ich war mit ihr im Delta Musik Park, und jetzt bin ich in sie verliebt!«

Vera Falck muss unwillkürlich lächeln. »Dann brauche ich dich ja wohl kaum zu fragen, ob du heute Nacht in die Schmuckausstellung im Forum eingebrochen bist, oder?«

»Ich?«, sagt Guido empört. »Ich bin unschuldig.«

»Wenigstens hältst du noch an der Familientradition fest«, meint Vera Falck und deutet auf das goldene Amulett, das sie unter dem offenen Hemdkragen an Guidos Hals entdeckt hat. Die Kommissarin sieht Koschinsky an. »Na, wissen Sie jetzt auch, wer von den dreien der Einbrecher war?«

Lösung 3. Rätsel-Krimi

Vittorio ist der Einbrecher. Der Einbrecher ist auf der Flucht gestürzt und verletzt davongehumpelt. Guido und Franco bewegen sich bei Vera Falcks Besuch ohne Probleme, nur Vittorio sitzt die ganze Zeit reglos im Fernsehsessel.

DIE SENSATION

Die ›Ampütte‹ in Essen-Rüttenscheid ist bekannt dafür, dass sich hier alle treffen, die wichtig sind. Oder sich dafür halten. Es ist schon spät, und Kommissarin Vera Falck hat sich vorgenommen, dass der Caipirinha, den sie sich gerade bestellt hat, der letzte für heute sein soll. Doch da sackt Eddie Schöller neben ihr auf den Barhocker.

Der strohblonde Reporter des Boulevardblattes in Kettwig ist bester Laune: »Feiern Sie mit mir, Kommissarin! Auf den Coup, den ich gerade gelandet habe.«

Vera Falck ahnt, dass sie sich jetzt die ganze Geschichte von Eddies Coup anhören muss. Eddie zerrt drei Fotoausdrucke aus seiner Jackentasche. Auf einem Bild ist eine attraktive Frau mit einem Baby im Arm auf einer Terrasse zu sehen. Auf dem zweiten steht die Frau mit dem Rücken zur Kamera, und das Baby lugt über ihre Schulter. Das dritte zeigt das gleiche Motiv, nur dass das Baby jetzt lächelt, was wegen des einzelnen Schneidezahns in seinem Mund wie ein Grinsen wirkt.

»Das ist der Nachwuchs von Tom Benson und Linda King«, erklärt Eddie zufrieden. »Sie wissen doch – die heißesten Hollywoodstars nach Brangelina. Haben vor einem Jahr geheiratet.«

»Ich habe davon gehört«, sagt Vera, die ihr Wissen darüber alle zwei Wochen in den Zeitschriften bei ihrem Friseur auffrischt. »Ist Linda nicht kürzlich Mutter geworden?«

»Genau!« Eddie ist in seinem Element. »Tom und Linda haben sich nach Australien zurückgezogen, um den Paparazzi zu entgehen. Vor drei Monaten brachte Linda den kleinen James zur Welt – diese Nachricht konnten sie nicht unterdrücken, weil die Geburt beim örtlichen Standesamt registriert werden musste. Aber bisher hat es kein Reporter geschafft, ein Foto von Linda und ihrem kleinen Wonneproppen zu machen.« Eddie klopft auf die Bilder. »Bis jetzt!«

»Sie wollen mir doch nicht erzählen, dass Sie in Australien waren?«, fragt Vera Falck.

Eddie grinst. »Nein, aber ich habe Beziehungen dahin. Mein Schwager hatte mal eine Freundin, die ist nach Australien ausgewandert. Dort hat sie geheiratet, und nun raten Sie mal, wo ihr Mann arbeitet?«

»Sagen Sie's mir!«

»In der Nobel-Wohnanlage, in die sich Linda und Tom mit ihrem Kind zurückgezogen haben. Ein abgeschottetes Ressort, in das man nur hineinkommt, wenn man dort lebt. Oder wenn man – wie der Mann der Exfreundin meines Schwagers – dort als Gärtner arbeitet.«

»Verstehe«, sagt Vera Falck. »Sie haben den Mann irgendwie bestochen, damit er Linda King und ihr Kind fotografiert.«

»Genau!«, strahlt Eddie. »Tausend Euro habe ich Stephen – das ist der Gärtner – versprochen, als ich ihn am Telefon hatte. Er sollte Linda und ihren Sohn mit seiner Digitalkamera aufnehmen und mir die Fotos per E-Mail schicken. Hier sind sie. Und gleich knalle ich sie meinem Chef auf den Tisch und verlange 10.000 Euro für die Abdruckrechte!«

Vera Falck sieht sich die Bilder noch einmal genau an. »Die Frau ist ziemlich unscharf«, meint sie. »Ist das wirklich Linda King?«

»Natürlich!«, erklärt Eddie voller Überzeugung. »Hollywoodstars sehen ganz normal aus, wenn sie nicht geschminkt sind.« Eddie studiert das Foto. »Wieso soll das nicht Linda King sein?«

»Weil das Kind, das diese Frau da auf dem Arm hat, auf

keinen Fall das Kind von Tom Benson und Linda King ist!«, sagt Vera Falck.

Was ist ihr aufgefallen?

Lösung Vera-Falck-Quickie

Das Baby zeigt beim Lächeln einen Schneidezahn – und Kinder bekommen etwa erst ab dem sechsten Monat ihre Milchzähne. Lindas Kind ist aber erst vor drei Monaten auf die Welt gekommen.

RACHE FÜR DEN TOTEN BRUDER

Als Kommissarin Vera Falck die Fotos sieht, versteht sie, dass Sherry Belmont Angst hat. Die attraktive Musical-Diva lebt in einem Penthouse über den Dächern von Oberhausen, wo sie derzeit als ›Baby‹ in ›Dirty Dancing‹ Triumphe feiert. Die Vorstellungen im Stage Metronom Theater am CentrO sind ausverkauft, und die Show geht inzwischen in die Verlängerung. Vera Falck hat sie selbst schon zweimal gesehen und bei ›Time of my Life‹ die eine oder andere sentimentale Jugenderinnerung gehabt. Aber sie ist jetzt nicht hier, um mit Sherry Belmont über Liebeslieder und toll choreografierte Tanznummern zu sprechen. Sherry hat die Kommissarin in dem kleinen Garten vor der Dachterrasse des Penthouses in Oberhausen-Schmachtendorf empfangen, weil sie Hilfe braucht. Die Oberhausener Polizei hat den diskreten Hilferuf des Stars ebenso diskret an die SOKO Ruhr weitergegeben, damit sich Vera Falck darum kümmern kann. Von Frau zu Frau sozusagen.

Die Fotos, die Sherry der Kommissarin reicht, zeigen sie hier vor ihrem Penthouse – wie sie sich im Bikini sonnt, auf dem kleinen Rasenstück zwischen den Rosensträuchern.

»Seit wir mit dem Musical hier gastieren, bekomme ich solche Bilder anonym zugeschickt«, sagt Sherry stockend. »Sie stecken in neutralen Umschlägen und werden von einem Kurierdienst zugestellt. Niemals war bisher eine Nachricht dabei – bis heute. Da war dieser Brief im Umschlag.«

Vera Falck liest die mit einem Computer geschriebene Nachricht: ›Ich bin überall, wo du bist. Bis in den Tod. Denn den hast du verdient – wegen Benny.‹ »Das klingt wie eine Drohung!«

Sherry zieht die Schultern hoch. »Ja. Und das ist kein normaler Stalker, der mir da nachstellt, sondern jemand, der mich für den Tod von Benny Geschonnek, meinen damaligen Agenten, verantwortlich macht. Er starb vor einem halben Jahr bei einem Autounfall auf der A 45, bei dem ich am Steuer saß.« Sherry gibt Vera Falck ein Foto, das sie privat mit drei Männern zeigt. Zwei von ihnen sehen sich sehr ähnlich: Sie sind hoch gewachsen, Vera Falck schätzt sie auf mindestens eins neunzig. Der dritte Mann ist einen Kopf kleiner als sie. Sherry deutet auf einen der hochgewachsenen Männer. »Benny und sein Zwillingsbruder Thorwald«, sagt sie. »Der kleinere ist Edmund, der im wahrsten Sinn des Wortes kleine Bruder der beiden. Sieben Jahre jünger als sie und der Versager der Familie. Thorwald und Edmund haben mich von Anfang für Bennys Tod verantwortlich gemacht ...«

Sie verstummt, aber Vera Falck weiß, was sie sagen will. »Sie glauben, dass einer der beiden hinter diesen Drohbriefen steckt?«

»Ja, einer von ihnen muss hinter dieser Sache stecken«, bestätigt Sherry. »Er will mich zermürben, mir Angst machen. Ich habe versucht, bei dem Kurierdienst herauszufinden, wer die Briefe verschickt hat – aber die sagten mir, dass die Sendungen stets mit einem Zwanzigeuroschein für die Auslieferung im Briefkasten des Kurierdienstes deponiert werden.«

Vera Falck hat sich unterdessen wieder die Fotos vorgenommen und vergleicht die Aufnahmewinkel mit der Situation auf dem Dach. Für sie ist klar: »Der Täter hat Sie offenbar von dem Appartementhaus dort drüben beobachtet.«

Es dauert nicht lange, bis Kommissarin Vera Falck und Kommissar Udo Keller, der ihr von der Oberhausener Kripo als Kontaktmann zugeteilt ist, in dem Appartementhaus gegenüber von Sherry Belmonts Penthouse die Wohnung 28 im dritten Stock finden. Laut Hausverwaltung ist das Appartement von einem gewissen Edward Horowitz gemietet worden, den keiner jemals gesehen hat: Die Verträge gingen an das Postfach eines Bürodienstes in Hamburg, und die Miete kommt per Dauerauftrag. Vom Hausmeister lässt Vera Falck die Wohnung öffnen. Im Wohnzimmer riecht es nach abgestandenem Zigarettenrauch. Am Fenster stehen drei teure Kameras auf Stativen. Die Teleobjektive sind auf Sherry Belmonts Penthouse gegenüber gerichtet. Um einen Blick durch den Kamerasucher zu werfen, muss Vera Falck das Stativ auf ihre Höhe herunterschrauben. »Eindeutig, dass die Bilder von hier aus gemacht wurden«, erklärt sie, als sie im Sucher Sherry drüben in ihrem Dachgärtchen erkennt.

Keller hat inzwischen versucht, die Daten des mysteriösen Mieters der Wohnung telefonisch zu überprüfen. »Edward Horowitz scheint ein falscher Name zu sein«, sagt er. »Das Konto, von dem die Mietzahlungen kommen, gehört der Geschonnek-Konzertagentur. Die wird jetzt von Thorwald und Edmund Geschonnek geführt. Es sieht tatsächlich so aus, als würde einer der beiden hinter dieser Sache stecken. Fragt sich nur, wer!«

Vera Falck mustert den Aschenbecher voller Zigarettenkippen, der auf dem Fensterbrett steht. Filterlose, hastig ausgedrückt. Auf dem Boden unter dem Fenster liegen ein paar leere Mineralwasserflaschen. Um die Stative mit den Kameras sind leere Verpackungen von Schokoladenriegeln verstreut.

»Von Ordnung hält unser Mann wenig«, murmelt Keller. Er schraubt ein weiteres Stativ herunter, um den Fotoapparat darauf zu begutachten. »Fingerabdrücke!«, stellt er zufrieden fest. »Wir müssen sie nur sichern und mit denen von Thorwald und Edmund vergleichen, und schon haben wir den Täter. Ganz einfache Sache.«

»Es ist sogar noch einfacher«, sagt Vera Falck. »Thorwald Geschonnek ist der Täter. Das ist ganz klar!«

Wie kommt sie zu dem Schluss?

Thorwald Geschonnek ist fast eins neunzig, Edmund bedeutend kleiner. Die Kameras sind auf ihren Stativen so hoch eingestellt, dass Vera sie erst herunterschrauben muss – weil sie von einem sehr großen Menschen eingerichtet worden sind.

Lösung 4. Rätsel-Krimi

ALTE FREUNDE STERBEN SPÄTER

Es ist gegen Mitternacht, als Kommissarin Vera Falck in der Oberhausener Marina am Rhein-Herne-Kanal an Bord des schnittigen Motorbootes klettert, in dem der Nachtwächter der Anlage den Toten entdeckte. Die Marina liegt ganz in der Nähe des CentrO und bietet Platz für rund 60 Boote.

Der Tote, wegen dem die Kommissarin gekommen ist, sitzt hinterm Steuer des Motorbootes. Die Spurenexperten der Kriminaltechnik haben schon ihre Scheinwerfer aufgebaut. In ihrem grellen Licht erkennt die Kommissarin, dass das Armaturenbrett des Bootes mit Blutspritzern übersät ist. Die Spritzer müssen aus der Schusswunde in der Schläfe des Mannes getreten sein. Ein Revolver liegt neben dem Sitz auf dem Boden des Bootes. Die Szene lässt kaum Zweifel, was geschehen war.

»Fehlt nur noch ein Abschiedsbrief, und wir haben den perfekten Selbstmord«, sagt Veras Kollege Wolf von der Kripo Oberhausen.

Auf dem Armaturenbrett liegt ein eingeschaltetes Smartphone. Vera Falck geht näher heran, um die Zeilen auf dem Display zu lesen: »›Joachim, sorry, aber ich weiß keinen Ausweg mehr. Das Geld habe ich verspielt – jetzt ziehe ich die Konsequenzen!‹«

Vera Falcks Kollege hat unterdessen die Brieftasche des Toten gefunden. »Er heißt Markus Schermacher«, stellt Wolf fest. »Und sein Name sagt mir was: Schermacher hat vor fünf Jahren mit seinem Partner Joachim Thiemeyer in Essen eine betrügerische Anlagefirma betrieben, mit der sie Investoren um ihr Geld gebracht haben. Die beiden hatten ein Callcenter mit drei Dutzend Mitarbeitern aufgezogen, die Rentnern, Ärzten und Freiberuflern Anlagediamanten verkauft haben. Als die Kollegen von der Schwerpunkstaatsanwaltschaft für Wirtschaftskriminalität der Sache ein Ende machten, ging Thiemeyer ins Gefängnis. Schermacher war im Prozess der Kronzeuge und kam mit einer Bewährungsstrafe davon.«

Vera Falck runzelt die Stirn. »Schermacher schreibt da in seiner letzten Notiz etwas von Geld …«

»Als man Thiemeyer und Schermacher seinerzeit verhaftete, waren über drei Millionen Euro unauffindbar«, erinnert sich Wolf. »Und wenn ich die Botschaft hier richtig verstehe, hat Schermacher das Geld durchgebracht, statt es aufzubewahren, um es mit seinem Partner Thiemeyer zu teilen.«

»Sitzt Thiemeyer denn noch?«, fragt Vera Falck.

»Nein – er wurde vor einem halben Jahr entlassen«, sagt Wolf.

»Dann rede ich einmal mit ihm«, sagt die Kommissarin, »während Sie hier weiter auf die Spurensicherung aufpassen.«

Eine Viertelstunde später drückt Kommissarin Vera Falck auf die Klingel eines denkmalgeschützten Hauses in Eisenheim, das natürlich Thiemeyers Lebensgefährtin gehört, bei der er nach seiner Entlassung untergeschlüpft ist. Nach ein paar Minuten erscheint ein verschlafener Joachim Thiemeyer in der Tür.

»Ja? Was soll das?«

Vera lächelt. »Kommen Sie bitte mit. Ich möchte Ihnen etwas zeigen!«

Während der Fahrt schweigt Thiemeyer zunächst beharrlich.

»Markus Schermacher ist tot«, erklärt die Kommissarin schließlich. »Ihr alter Partner aus dem Diamantengeschäft.«

Sie spürt fast körperlich, wie der Mann neben ihr sich verkrampft. »Der gegen mich ausgesagt hat, um selbst günstiger davonzukommen«, knurrt Thiemeyer schließlich. »Ich habe seit meiner Entlassung nichts mehr mit ihm zu tun gehabt!«

In der Marina arbeiten die Experten der Spurentechnik inzwischen an dem Motorboot rund um das Mordopfer. Joachim Thiemeyer schluckt, als er die Leiche seines ehemaligen Partners sieht. »Mein Gott! Was ist passiert? Selbstmord?«

»Können Sie damit etwas anfangen?« Vera Falck deutet auf das Smartphone auf dem Armaturenbrett. Stirnrunzelnd liest Thiemeyer die Botschaft und meint: »Sieht aus wie ein Abschiedsbrief.«

Vera Falck tritt zur Seite, weil der Tatortfotograf seine Aufnahmen von dem Smartphone machen will. Dann versenkt ein Spurenexperte das Gerät in einem Spurenbeutel und versiegelt ihn. Der Tatortfotograf schießt eine Aufnahme von den Blutspritzern, die unter dem Smartphone auf dem Armaturenbrett sind.

Thiemeyer räuspert sich. »Ich will ehrlich sein, Frau Kommissarin. Als ich aus dem Knast kam, verlangte ich von Schermacher meinen Anteil an den drei Millionen, die wir damals beiseitegeschafft hatten. Er hielt mich dauernd hin … jetzt weiß ich, warum. Er war schon früher Stammgast auf der Hohensyburg in Dortmund und hat da offenbar alles verspielt. Und sich deshalb umgebracht. Hier in der Marina oder drüben im CentrO haben wir uns oft getroffen. Das Motorboot war sein ganzer Stolz. Kann ich jetzt gehen?«

»Nein«, sagt Vera Falck. »Wir klären erst, was Sie mit diesem Fall zu tun haben. Denn dies hier ist kein Selbstmord gewesen, das ist ganz klar.«

Was ist ihr aufgefallen?

Auch unter dem Smartphone mit der angeblichen Abschiedsbotschaft waren Blutspritzer. Also ist das Smartphone erst dort hingelegt worden, nachdem Schermacher tot war – was eindeutig gegen einen Selbstmord spricht.

Lösung 5. Rätsel-Krimi

DUNKLE VERGANGENHEIT

Man muss kein Psychologe sein, um zu sehen, dass Emilia Hernandez mit den Nerven am Ende ist. Und Kommissarin Vera Falck kann das vollkommen verstehen. Sie trifft die junge Frau auf dem Flur des Oberhausener St.-Josef-Hospitals. Man hat ihren Bruder nach dem schweren Unfall, in den er vor einigen Stunden verwickelt war, hier eingeliefert.

»Die Ärzte kämpfen um sein Leben«, flüstert Emilia. »Ich bete, dass er überlebt. Er ist schwer verletzt.«

Vera Falck hat die Meldung über den Unfall von Pablo Hernandez, dem Star-Tänzer der argentinischen Tango-Truppe, vorhin in der Kriminalbereitschaft der SOKO Ruhr im Essener Präsidium gehört: Auf der Bottroper Straße in Höhe des Revierparks Vonderort ist Pablos Cabrio von einem hellen Sprinter gerammt worden, sodass er von der Fahrbahn abkam und gegen einen Baum prallte. Der Sprinter war weitergerast, ohne sich um den Verunglückten zu kümmern.

»Das war kein Unfall«, beschwört Emilia die Kommissarin. Vera Falck hat die Tänzerin und ihren Bruder bei der Premierenfeier des Tango-Ensembles kennengelernt. Die Truppe ist im Stage Metronom Theater beim CentrO mit ihrer Tango-Show aufgetreten und hat das Publikum begeistert. ›Tango-Stars heizen dem Revier ein‹ hat es in der WAZ geheißen.

»Jemand wollte Pablo umbringen«, sagt Emilia jetzt eindringlich.

»Hat Ihr Bruder denn Feinde?«, fragt Vera Falck.

Emilia zögert. »Ich will ehrlich sein – Pablo hat ein paar dunkle Flecken in seiner Vergangenheit. Als Jugendlicher war er in seiner Schule in einer Gang. Das war in Buenos Aires, und ich habe das alles nur am Rande mitbekommen, weil ich sieben Jahre jünger bin als Pablo und unsere Eltern wirklich auf mich aufpassten. Später sind wir aufs Land gezogen und Pablo hat den Kontakt zu der Schulgang verloren. Gestern hat er mir anvertraut, dass er bei der Premierenfeier hier den damaligen Boss der Gang wiedergesehen hat: Il Gerdo, einen üblen Schläger, der seinerzeit von der Schule verwiesen wurde, nachdem er einen Lehrer zusammengeschlagen hatte. Daraufhin hat er im Stadtviertel eine Straßengang aufgezogen, die mit Drogen handelte. Die argentinische Polizei konnte ihm nichts anhaben, weil er der Sohn eines ausländischen Diplomaten war, der seine schützende Hand über ihn hielt. Pablo und Il Gerdo gingen damals in dieselbe Klasse. Offenbar hat der Mann sich durch eine kosmetische Operation das Gesicht verändern lassen und hier Karriere gemacht. So hat Pablo es jedenfalls ausgedrückt: ›Il Gerdo sitzt hier im Ruhrgebiet an den Schalthebeln der Macht! Wenn herauskommt, was er früher getan hat, ist seine Karriere am Ende.‹«

»Hat Ihr Bruder etwa versucht, Il Gerdo zu erpressen?«, fragt Vera Falck.

»Aber nein«, beteuert Emilia. »Doch er sagte mir, dass Il Gerdo ihn gestern auf dem Handy angerufen und bedroht hat. Er solle den Mund halten oder er wäre ein toter Mann!«

Vera Falck überlegt, welcher der Gäste auf der Premierenfeier der Tangotruppe wohl ›an den Schalthebeln der Macht‹ im Revier sitzen könnte. Da ist zunächst ganz klar Edwin Schellhase, 65, Vorstandsvorsitzender einer Bank, die sich als Sponsor von Kunst und Kultur in der Region einen Namen gemacht hat. Aber auch Dirk Meyendorff, der 28-jährige Chef einer weltweit operierenden Werbe-Agentur aus den Five Boats im Duisburger Innenhafen, der als Liebling der Society gilt. Und natürlich Mark Fiedler, der beliebte Politiker einer großen Volkspartei, der gerade seinen 29. Geburtstag gefeiert hat und als Hoffnungsträger für die nächste Kommunalwahl gilt.

Die Kommissarin verspricht Emilia: »Ich werde den Drahtzieher des Anschlags auf Ihren Bruder finden! Kommen Sie!«

Im Sicherheitsbüro des Stage Metronom Theaters, in dem die Premierenfeier stattgefunden hat, lässt sie sich die Videoaufnahmen der Feier vorspielen.

»Dort, sehen Sie«, sagt Emilia. »Pablo unterhält sich lange mit Edwin Schellhase.« Das Gespräch mit Schellhase scheint einen sehr unerfreulichen Verlauf genommen zu haben, denn Vera sieht, wie der Bankier sich abrupt abwendet und Pablo stehen lässt.

»Und da«, sagt Emilia. »Da spricht Pablo mit Dirk Meyendorff, und dann gesellt sich Mark Fiedler zu den beiden.« Es ist auffällig, wie die Stimmung von Pablo und Meyendorff sich verändert, sobald der junge Politiker zu ihnen tritt. Die Kommissarin hat erst kürzlich ein ausführliches Porträt über Fiedler gelesen, seine Kindheit und Jugend auf Spiekeroog und den Anfang seiner Karriere als Laufbursche in einem Baumarkt bei Kleve.

Als Vera Falck mit Emilia das Stage Metronom Theater verlässt, klingelt ihr Handy. »Eine gute Nachricht«, meldet sich ihr Kollege Koschinsky. »Man hat den weißen Sprinter gefunden und den Fahrer verhaften können. Es ist ein Galgenvogel aus der Dortmunder Nordstadt, den man für schmutzige Aufträge anheuern kann. Er hat gestern übers Telefon den Auftrag bekommen, Pablo über den Haufen zu fahren. Mehr ist im Moment nicht aus ihm herauszukriegen.«

»Das reicht auch schon!«, meint Vera Falck. »Denn jetzt ist klar, wer Il Gerdo ist und hinter dem Anschlag steckt!«

Wer?

Il Gerdo ist Dirk Meyendorff. Er ist ebenso alt wie Pablo und mit ihm gemeinsam zur Schule gegangen. Edwin Schellhase dagegen ist 65, kommt also nicht als Jugendfreund von Pablo infrage. Der Politiker Mark Fiedler scheidet aus, weil er seine Kindheit auf Spiekeroog verbracht hat.

DAS SKELETT

Nach zwei Tennispartien gegen ihren Zahnarzt hat Kommissarin Vera Falck das Gefühl, genug für ihre Fitness getan zu haben. Zufrieden sitzt sie frisch geduscht bei einem Glas Mineralwasser an der Bar des ETUF-Clubhauses am Essener Baldeneysee. Außer ihr ist nur noch Giselher Schlichting hier zu Gast.

Der Sohn von Marius Schlichting prostet der Kommissarin mit seinem Prosecco zu. »Feiern Sie mit mir, Frau Falck«, erklärt er und breitet ein paar große Farbfotos auf der Theke aus. »Was ich letzte Woche entdeckt habe, ist eine archäologische Sensation.«

Auf Giselhers Fotos erkennt Vera Falck nicht mehr als eine Grube mit einem alten Skelett. Einem sehr alten Skelett. Quer über dem Brustkorb des Skeletts liegt ein ebenfalls sehr altes, verrostetes Schwert. An einem Fingerknöchel des Toten steckt ein Ring mit einem großen Edelstein. Durch die Rippen, die behutsam freigelegt worden sind, ist unter der Wirbelsäule ein schmaler Gegenstand zu erkennen, der wie ein Messer aussieht.

»Das sind die sterblichen Überreste von Rasmus von Schlehbrügge«, erklärt Giselher stolz.

»Ah ja«, meint Vera Falck.

»Rasmus war der Anführer einer Räuberbande, die im 17. Jahrhundert die Wälder hier auf den Ruhrhöhen unsicher machte. Ich habe ihn auf einer der Baustellen meines Vaters drüben in Werden entdeckt!«

Mit Schlichting senior hat Vera Falck bei den Ermittlungen wegen Betrug und Baupfusch am Einkaufszentrum Limbecker Platz in Essen Bekanntschaft machen können – Giselhers

Vater hat der Kommissarin seinerzeit wichtige Insider-Infos zur Aufklärung der Machenschaften gewisser Subunternehmer liefern können. Seitdem kennt sie auch die Schwäche des Juniors für Archäologie.

»Rasmus war bekannt dafür, dass er immer einen wertvollen Ring trug, den er einem Abgesandten des Papstes geraubt hatte.« Giselher zieht eine Aufnahme des gesäuberten Ringes hervor. »Er wird gerade an der Universität untersucht. Es ist ein Goldring mit einem großen Diamanten im Brillantschliff, wie mir ein Juwelier bestätigt hat, dem ich das Stück gezeigt habe.«

Vera Falck überzeugt das alles nicht unbedingt. »Wie soll der Ring beweisen, dass es sich um Rasmus' Skelett handelt?«

»Die wichtigsten Hinweise sind natürlich die beiden verheilten Beinbrüche«, fährt Giselher voller Enthusiasmus fort. »Der Überlieferung nach stürmte Rasmus von Schlehbrügge mit seinen Mannen 1645 den Schuldturm am Werdener Markt, um einen seiner gefangenen Gefolgsleute zu befreien. Dabei stürzte er vom Pferd und brach sich beide Beine. Trotz großer Schmerzen konnte er fliehen und die Verletzung in seinem Waldlager auskurieren. Nach der Überlieferung blieb sein rechtes Bein danach etwas kürzer als das linke. Genau das habe ich an dem Skelett entdeckt: zwei verheilte Unterschenkelbrüche, wobei das rechte Bein um drei Zentimeter kürzer ist als das linke. Das hier ist Rasmus!« Giselher strahlt. »Das wird der Fachwelt zu denken geben, dass ein Amateurforscher wie ich ihn entdeckt hat.«

»Giselher«, sagt Vera Falck langsam. »Die Fachwelt wird sich höchstens über Ihre Unbedarftheit amüsieren. Denn es gibt einen Beweis dafür, dass es sich bei diesem Skelett auf keinen Fall um Rasmus von Schlehbrügge handeln kann.«

Was ist Vera Falck aufgefallen?

Lösung Vera-Falck-Quickie

Rasmus lebte um 1645, also im 17. Jahrhundert. Doch der Ring am Finger des Skeletts hat einen Diamanten im Brillantschliff, wie ein Juwelier bestätigt hat. Der moderne Brillantschliff bei Diamanten wurde aber erst um 1910 entwickelt. Das Skelett ist also wesentlich jünger, als Giselher annimmt.

SCHACH DEM MÖRDER

Kommissarin Vera Falck sieht nachdenklich den beiden Angestellten der Essener Rechtsmedizin nach, die Bernt Schmidbauers Leiche in einem Metallsarg hinaustragen. Langsam folgt sie ihnen vor die Garage des hübschen dunkelgrün gestrichenen Vierfamilienhauses an der Heidestraße in Mülheim-Styrum, in der der Tote gelegen hat. Der Leichenwagen des Rechtsmedizinischen Institutes ist in der zweiten Reihe geparkt und sorgt für einen ansehnlichen Rückstau auf der Straße. Die Angestellten schieben den Sarg in den Transporter und lassen die Türen zuklappen.

Es ist später Nachmittag und der Asphalt der Garagenzufahrt, in der die Kommissarin steht, immer noch feucht vom Regenschauer, der gegen Mittag begonnen hat. Erst kurz nachdem Vera Falck und ihr Kollege Wolf von der Essener Kripo hier angekommen sind, hat es über Mülheim aufgeklart. Seitdem strahlt die Sonne vom wolkenlosen Himmel, als wolle sie etwas wiedergutmachen. Vera Falck wendet sich an Karo Schmidbauer. Die attraktive Vierzigjährige steht noch unter Schock. Vor einer halben Stunde hat sie ihren Mann erschlagen in der Garage ihres Hauses gefunden.

»Hatte Ihr Mann Feinde?«, fragt die Kommissarin.

»Ja, natürlich!«, murmelt Karo, als sei es klar, dass jeder Feinde hat.

»Zum Beispiel?«, bohrt Vera Falck nach.

»Ulrich Lewandowski zum Beispiel. Ein zwielichtiger Charakter. Er hat bis vor ein paar Wochen als Abteilungsleiter in einem von Bernts Autohäusern gearbeitet. Dann kam Bernt dahinter, dass Lewandowski im großen Stil Zubehör gestohlen hat. Bernt hat ihn entlassen und ihn und seinen Komplizen Max Kramer angezeigt. Kramer gehört eine Werkstatt drüben am S-Bahnhof Styrum, da hat er das Zubehör weiterverkauft, das Lewandowski gestohlen hat. Es ging da um Navigationsgeräte, Sportfelgen, Dachgepäckträger und solche Dinge.«

Vera Falck lässt sich Lewandowskis Adresse geben und fährt mit ihrem Kollegen Wolf los, um den Verdächtigen zu befragen. Lewandowski wohnt in einem kleinen Haus knapp zwei Kilometer weiter in der Solbadstraße am Ruhrpark.

»Polizei?« Lewandowski bleibt angesichts der Ausweise von Vera Falck und ihrem Kollegen bemerkenswert gelassen. »Bitte, kommen Sie herein. Ich bin mit einem Freund auf der Terrasse.«

Durchs Wohnzimmer führt er sie nach draußen in den Garten, wo auf dem Rasen ein untersetzter Mann in einem Rattansessel an einem Gartentisch sitzt und auf die Schachpartie starrt, die vor ihm aufgebaut ist. Neben dem Schachbrett liegen ein Block mit Notizen und einige geschlagene Figuren.

»Das ist Max Kramer, ein alter Freund von mir«, sagt Lewandowski. »Er ist vorhin zu einer Partie Schach vorbeigekommen.«

Vera Falck betrachtet die Schachfiguren auf dem Brett. Die schwarze Dame, die von Lewandowski geführt wird, bedroht gerade Kramers König. Ihr Kollege Wolf runzelt die Stirn und holt sein Smartphone heraus, um ins Internet zu gehen. »Nun, was kann ich für Sie tun, Frau Kommissarin?« Lewandowski gibt den jovialen Sonnyboy.

»Ihr ehemaliger Chef Bernt Schmidbauer ist vor zwei Stunden, gegen halb drei Uhr, ermordet worden«, sagt die Kommissarin.

Lewandowski zeigt wenig Überraschung. »Und? Was habe ich damit zu tun?«

»Vielleicht hassen Sie ihn. Er hatte Sie entlassen und außerdem noch angezeigt.«

»Aber deshalb bringe ich ihn doch nicht um!«, sagt Lewandowski. »Außerdem habe ich ein Alibi. Kramer und ich haben die letzten beiden Stunden hier draußen Schach gespielt.«

Kramer nickt. »Ja. Leider habe ich die meisten Partien verloren.« Er schiebt der Kommissarin den Notizblock mit der Mitschrift aller Züge der Partien zu. »Sie können alles kontrollieren, wenn Sie wollen.«

Vera Falck wirft einen Blick auf die Notizen. Danach ist die Partie, die sich gerade dem Ende zuneigt, die vierte, die die beiden Männer an diesem Nachmittag miteinander spielen. Von den Partien hat Kramer eine gewonnen, die beiden anderen sind an Lewandowski gegangen.

Veras Kollege Wolf hat unterdessen ein paar Daten in sein Smartphone eingetippt und präsentiert der Kommissarin jetzt die Internetseite, die er als Ergebnis darauf erhalten hat. »Ich spiele selbst hin und wieder Schach«, sagt er. »Und diese Partie hier ist mir ziemlich bekannt vorgekommen. Wenn die beiden Herren wirklich diese Partien gespielt haben, dann sind es wahre Genies. Wie Sie hier auf der Internetseite des Weltschachverbandes sehen können, sind es die Partien, die bei der Schachweltmeisterschaft 1914 gespielt worden sind. Lewandowski und sein sauberer Freund Kramer haben die Züge komplett von dieser Seite oder aus einem Schachbuch abgeschrieben, um sich gemeinsam ein Alibi zu verschaffen.«

»Gute Arbeit!«, lobt Vera Falck ihren Kollegen. Dann wendet sie sich an Lewandowski: »Irgendein Kommentar von Ihnen, ehe ich Sie wegen Mordes und Ihren Freund hier wegen Beihilfe verhafte?«

Lewandowski ist blass geworden. Doch er fängt sich schnell. »Sicher«, sagt er. »Es sind die Weltmeisterschaftspartien von 1914. Wir haben sie nur nachgespielt, um sie zu analysieren. Seit drei Uhr nachmittags haben wir hier draußen gesessen, das kann Kramer bestätigen.«

Vera Falck seufzt und sieht von Lewandowski zu Kramer. »Wollen Sie mich für dumm verkaufen? Sie haben nicht hier draußen gesessen. Dafür gibt es einen eindeutigen Beweis.«

Was ist Vera Falck aufgefallen?

Lösung 7. Rätsel-Krimi

Es hatte seit Mittag geregnet. Trotzdem wollten Lewandowski und Kramer im Garten gegessen haben – bei strömendem Regen?

DIE TEILZEITBETRÜGERIN

Kommissarin Vera Falck schlendert durch die große Halle des Gartencenters an der Stadtgrenze von Essen zu Mülheim und überlegt, dass sie durchaus auch einmal etwas für die beiden Blumenkästen auf ihrem Balkon tun könnte. Aber dann fragt sie sich auch, wann sie zuletzt einmal ein ganzes Wochenende daheim gewesen ist – die Arbeit bei der SOKO Ruhr tendiert dazu, ein 24-Stunden-Job zu werden. Und deshalb ist sie jetzt auch nicht privat im Gartencenter, sondern dienstlich.

Von der Decke hängen Plakate mit Sonderangeboten. ›Montags: 20 Prozent auf alles – außer Blumenerde‹ und: ›Sonderaktion – nur freitags: vier Beutel Blumenzwiebeln zum Preis von drei – Sie zahlen nur 9 Euro statt 12 Euro.‹ Damit man das nicht vergisst, dudelt die gleiche Ansage im Zehn-Minuten-Rhythmus durchs Einkaufsradio, mit dem das Gartencenter beschallt wird.

Die Kommissarin beginnt langsam, Mitleid mit dem Personal zu haben, das dieser Mischung aus Fahrstuhlmusik und Marktschreierwerbung acht Stunden am Tag hilflos ausgeliefert ist.

An der Kasse am Ausgang des Centers hat sich eine kurze Schlange gebildet. Die Kunden bezahlen meist mit der Bankkarte, denn hier kommen trotz aller Sonderangebote bei einem Einkauf schnell hundert oder zweihundert Euro zusammen. Die Kassiererin schiebt dann jeweils routiniert die Girocard des Kunden in das Lesegerät an der Kasse und dreht die Eingabeeinheit herum, damit der Kunde seine Geheimzahl eintippen kann und der Zahlungsvorgang genehmigt wird. Nur die Wenigsten wissen, dass das Zahlterminal während der ganzen Zeit online mit der zentralen Zahlungsabwicklung der Banken verbunden ist. Dort wird innerhalb von Sekunden automatisch geprüft, ob die eingetippte Geheimzahl korrekt und das Konto des Kunden gedeckt ist. Ist das so, dann wird die Zahlung genehmigt und das Geld vom Girokonto des Kunden abgebucht.

Im Moment arbeitet eine ältere Frau an der Kasse, und an der Art, wie sie die Waren über den Scanner zieht, erkennt man, dass sie schon länger in diesem Job beschäftigt ist.

»Das ist Marion Kemmerling«, erklingt eine angenehme Männerstimme neben Vera Falck. Die Kommissarin hat nicht bemerkt, wie Sebastian Hallhuber, der Chef des Gartencenters, herangekommen ist. »Marion arbeitet montags, dienstags und Mittwoch vormittags an der Kasse. Unsere andere Kassiererin ist Ellen Jürgensen, sie arbeitet den Rest der Woche.«

Vera Falck mustert Hallhuber, den sie bisher nur vom Telefon kennt. Er sieht verdammt gut aus – wie eine verjüngte Ausgabe von George Clooney, aber nicht ganz so groß. Vera Falck hat vor einigen Tagen mit ihm telefoniert, weil eine Reihe von Betrugsanzeigen bei der Staatsanwaltschaft Essen eingegangen war. Kunden des Gartencenters hatten teilweise hohe Automatenabhebungen von ihren Girokonten festgestellt. Und alles deutete darauf hin, dass die Online-Betrüger irgendwie die Daten und die Geheimzahl der Karte beim Zahlvorgang hier im Gartencenter ausspioniert haben mussten. »Mit den Daten können die Betrüger die Girocard des Kunden klonen und sie für Abhebungen an Geldautomaten und bei Einkäufen mit Kartenzahlungsmöglichkeit verwenden«, hat Vera Falck dem Gartencenter-Chef bei ihrem ersten Anruf erklärt. »Deshalb würde ich mir gern einmal ansehen, wie der Zahlungsvorgang bei Ihnen abläuft.«

»Sie sind immer willkommen«, hat Hallhuber geantwortet, und so, wie er Vera Falck jetzt anlächelt, meint er es immer noch so.

»Unsere Computerexperten haben mich inzwischen aufgeklärt, mit welchem Trick die Betrüger an die Geheimzahl der

Girokarten kommen, die der Kunde ja verdeckt eintippt«, sagt Vera Falck leise und zeigt Sebastian Hallhuber einen kaum daumennagelgroßen Chip. »Das ist ein Spionagechip – ein Gerät wie dieses wird unter das Eingabegerät an der Kasse geheftet. Es belauscht den Datenstrom der Telefonleitung, über die die Kartendaten und die Geheimzahl des Kunden zur Zentralstelle der Banken übermittelt werden. Der Chip speichert die Kundendaten samt eingetippter Geheimzahl. Die Ganoven müssen sie später nur auslesen und können damit ›funktionierende‹ Bankkarten fälschen.«

»Das heißt ...«, murmelt Sebastian Hallhuber, »dass eine unserer Kassiererinnen mit den Ganoven gemeinsame Sache macht? Sie klemmt einfach nur den Chip an das Eingabegerät?«

»Genau«, sagt die Kommissarin. »Und entfernt es am Ende ihrer Schicht wieder. Mit den Daten, die sie speichert, fälschen ihre Komplizen die Bankkarten und plündern die Konten Ihrer Kunden. Wir haben inzwischen bei den betroffenen Kunden die Kassenbelege ihrer Einkäufe eingesammelt.« Vera Falck holt einige Kassenbons heraus. »Hier: Michaela Pelz – sie kaufte eine Taxushecke für 23 Euro und einen Sack Mulch für 5 Euro. Dann Lars Schafft – zwei Zierpalmen für je 10 Euro und vier Beutel Blumenzwiebeln für 9 Euro. Und Petra Weber: drei Topfblumen für 12 Euro und ein Werkzeugset für 60 Euro.«

»Sie wollen also sagen«, meint der George Clooney der Hobbygärtner, »dass unsere Frau Kemmerling dort an der Kasse die Betrügerin ist?«

»Nein«, meint Vera Falck, »Ihre Frau Kemmerling ist unschuldig. Die Betrügerin ist ihre Kollegin Ellen Jürgensen, das ist ganz klar!«

Was ist Vera Falck aufgefallen?

Lösung 8. Rätsel-Krimi

Einer der bestohlenen Kunden hat das Sonderangebot von vier Beuteln Blumenzwiebeln zu 9 Euro gekauft – was nur freitags gilt. Und freitags arbeitet Ellen Jürgensen als Kassiererin.

WO STECKT OLSCHEWSKY?

Kommissarin Vera Falck und ihre Männer haben ein dichtes Observationsnetz um den Gervinuspark im Essener Westen gelegt, um die Lösegeldübergabe zu überwachen. Aus ihrer mobilen Leitstelle in einem unauffälligen Van mit verspiegelten Scheiben behalten sie Inge Olschewsky im Auge, eine attraktive Frau in den Dreißigern, die jetzt gerade mit einem modischen Rucksack den Park betritt.

Ihr Mann Dieter ist vor zwei Tagen in der Tiefgarage des Ärztezentrums im Girardet-Haus in Rüttenscheid von einem maskierten Mann niedergeschlagen und in einen schwarzen Mercedes mit abgeklebten Nummernschildern gezerrt worden. Mehr ist auf den Bändern der Überwachungskamera nicht zu sehen gewesen. Außer diesen Bildern hat Vera Falck, Leiterin der Sonderkommission, bisher keinen Hinweis auf den Täter, der den angesehenen Orthopäden und Sportmediziner mit Großpraxis im Girardet-Haus jetzt in seiner Gewalt hat.

Drei Tage hat der Kidnapper geschwiegen, erst heute Morgen hat Inge Olschewsky eine anonymisierte E-Mail mit der Lösegeldforderung auf ihren privaten Mail-Account bekommen: ›Eine halbe Million Euro für Ihren Mann. Heute Nachmittag, 17 Uhr, Gervinuspark, am Eingang.‹ Angehängt an die Mail waren zwei Fotos, die den gefesselten Dieter Olschewsky mit einer aktuellen Ausgabe der NRZ zeigen: vor einer Kellerwand aus feuchten Steinen, mit Handschellen an das Rohr einer Ölheizung gekettet.

Inge Olschewsky ist natürlich sofort bereit gewesen, das Lösegeld zu zahlen. Eine halbe Million aufzutreiben, hat der attraktiven Frau, die früher sogar einmal auf der Tennis-Weltrangliste weit oben gelistet war, keine Probleme bereitet.

»Gibt es jemanden, der weiß, wie schnell Sie diesen Betrag flüssigmachen können?«, hat Vera Falck die Arztfrau gefragt. »Es scheint ja so, als würde sich der Täter in Ihren finanziellen Verhältnissen recht gut auskennen.«

Doch Inge Olschewsky hat nur mit den Schultern gezuckt. Was wohl so viel heißen sollte wie: Machen Sie Ihren Job, Frau Kommissarin, und lassen Sie mich ansonsten einfach in Ruhe!

Also macht Vera Falck ihren Job – die Lösegeldübergabe wird nahezu perfekt überwacht. Inge Olschewsky ist glücklicherweise bereit gewesen, auch ein Mikro zu tragen, über das sie mit Vera Falck in der Leitstelle kommunizieren kann.

Das Knattern des Polizeifunks reißt die Kommissarin aus ihren Gedanken.

»Achtung!«, hört sie in der mobilen Einsatzzentrale den Posten am Tor des ehemaligen Friedhofs, der vor mehr als 20 Jahren zum Erholungspark mit Kinderspielplätzen und schönen Spazierwegen gemacht worden ist. Der Posten flüstert: »Junger Mann in schwarzer Windjacke, lange Haare, Turnschuhe.«

Vera Falck späht durchs Fenster und erkennt den Mann, der sich jetzt vor dem Parkeingang mit tänzelnden Schritten Inge Olschewsky nähert.

»Her mit dem Geld!«, hört sie ihn über das Mikrofon, das Inge Olschewsky trägt.

»Wo ist mein Mann?«, stößt Inge hervor. »Sagen Sie mir erst, wo mein Mann ist!«

Doch der junge Mann langt nur energisch nach dem Rucksack. Inge Olschewsky hält ihn fest, die beiden geraten in eine Rangelei. Und im gleichen Moment, in dem der junge Mann ihr den Rucksack entreißt und wegrennt, weiß die Kommissarin, dass ihre Aktion in einer Katastrophe enden wird. Denn als der Mann vorm Parkeingang über die Frohnhauser Straße stürzt, läuft er direkt in die Straßenbahn der Linie 109, die gerade in Richtung Stadtgrenze Mülheim vorbeirauscht.

»Er war sofort tot!«, berichtet Veras Kollege Koschinsky kurz darauf. Die Stimmung im Einsatzwagen ist gedrückt. »Er hatte keine Papiere bei sich. Die Fingerabdrücke werden gerade überprüft.«

Inge Olschewsky steht totenblass neben der Kommissarin. »Ich weiß, wer das ist«, flüsterte sie. »Ich habe ihn nur wegen der langen Haare nicht gleich erkannt. Er heißt Erwin Czypionka und hat bis vor einem halben Jahr als Physiotherapeut für meinen Mann gearbeitet. Dieter hat die Zusammenarbeit mit ihm dann beendet, weil Czypionka seine Abrechnungen manipuliert hat.« Sie fasst Vera Falck am Arm. »Aber wenn er tot ist, bekommen wir nie heraus, wo er Dieter versteckt hat!«

Vera Falck weist ihre Männer an, so schnell wie möglich alles über Czypionka in Erfahrung zu bringen.

Es dauert nicht lange, bis die ersten Rückmeldungen eintreffen. Czypionka ist wegen Raub und Diebstahl vorbestraft. Seit er von Olschewsky keine Patienten mehr bekommt, lebt er von Hartz IV.

»Gemeldet ist er in der Laube seines Schrebergartens am Stadtrand Mülheim, am Breilsrand«, berichtet Koschinsky. »Aber dort soll er zuletzt nur sporadisch aufgetaucht sein. Meist hält er sich wohl bei seiner Schwester auf – Clara Czypionka. Sie lebt in einem Häuschen an der Frohnhauser Straße. Die Nachbarn sagen, dass Czypionkas Schwester seit einer Woche im Krankenhaus ist und er ihre Blumen versorgt. Sie haben ihn auch auf einem Garagenhof am Westend gesehen – die Kollegen haben sich dort umgeschaut und in einer der Garagen den Mercedes gefunden, in dem Olschewsky entführt wurde.«

»Und damit wissen wir jetzt auch, wo er Olschewsky versteckt hat!«, sagt Vera Falck.

Wo?

Lösung 9. Rätsel-Krimi

Olschewsky ist im Keller des Häuschens von Czypionkas Schwester versteckt – die Fotos des Erpressers zeigen ihn in einem Keller an eine Heizung gefesselt. Und weder eine Gartenlaube noch eine Garage sind unterkellert.

WITWE EISKALT

Marion Brueck wartet vor dem Institut für Rechtsmedizin in der Essener Hufelandstraße, ganz in der Nähe des Universitätsklinikums, auf Kommissarin Vera Falck von der SOKO Ruhr. Die ist derzeit im Essener Polizeipräsidium untergebracht, das quasi um die Ecke an der Büscherstraße liegt, gleich gegenüber des Landgerichtes.

»Sie haben einen Toten gefunden?«, fragt Marion kühl. »Einen Mann? In der Ruhr?«

»Ja«, erwidert Vera Falck. »Möglicherweise handelt es sich um Ihren Mann. Danke, dass Sie ihn sich ansehen wollen.«

Daniel Brueck, Inhaber eines Autoverleihs in Bochum, ist seit drei Wochen verschwunden. Vera Falck hat die Suche bisher revierweit geleitet – und keine Spur entdeckt. Mit der detaillierten Beschreibung von Bruecks Gesundheitszustand, die ein Jahr vor seinem Verschwinden im Bochumer Bergmannsheil anlässlich einer Gallenblasenoperation erstellt worden ist, hat die Kommissarin bei allen Krankenhäusern in Bochum, Essen, Gelsenkirchen und Dortmund, aber auch in Oberhausen, Duisburg und Mülheim nachgefragt – ohne Erfolg.

Marion Brueck folgt der Kommissarin in den gekachelten Raum der Rechtsmedizin. Gleich auf dem ersten Edelstahltisch liegt die Leiche des Mannes, der am Morgen am Ruhrufer im Bereich des Wehrs bei Dahlhausen angetrieben worden ist.

Marion schluckt. Dr. Hellstroem, der Rechtsmediziner vom Dienst, kommt aus seinem Büro. »Die erste Untersuchung habe ich bereits gemacht«, sagt er leise zu Vera Falck. »Ein Mann, circa 45 Jahre alt, 1,75 Meter groß, dunkles Haar mit grauen Strähnen, Stirnglatze. Die Haut weiß, kaum gebräunt, keine sichtbaren Narben oder Spuren von Eingriffen. Konstitution durchschnittlich.«

Hellstroem schlägt das Laken von dem Toten zurück. Marion mustert die Leiche, deren Gesicht aufgequollen und kaum zu erkennen ist. Ihre Lippen bewegen sich stumm. »Ja«, sagt sie schließlich. »Das ist er. Das ist mein Mann.«

»Ich brauche noch den Namen seines Zahnarztes«, sagt Hellstroem. »Um einen Gebissvergleich zu machen.«

»Aber warum?«, fragt Marion. »Es ist ganz klar mein Mann. Eindeutig. Ich erkenne ihn. Wurde er ... ermordet?«

»Bislang gibt es keine Spuren eines Verbrechens«, sagt Hellstroem.

»Stellen Sie mir einen Totenschein aus?«, fragt Marion Brueck den Rechtsmediziner.

Vera ist erstaunt. »Wozu brauchen Sie das Dokument so schnell?«

»Die Lebensversicherung meines Mannes verlangt einen Totenschein und eine Sterbeurkunde, sonst zahlt sie nicht.«

»Haben Sie deshalb eben gelogen?«, will die Kommissarin wissen. »Dieser Tote ist nicht Ihr Mann. Das werden wir sicher feststellen, wenn wir sein Gebiss mit den Zahnarztunterlagen Ihres Mannes vergleichen. Aber auch so ist es ganz klar, dass der Tote dort nicht Ihr Mann ist.«

Was ist Vera Falck aufgefallen?

Lösung Vera-Falck-Quickie

Daniel Brueck hat sich einer schweren Gallenblasenoperation unterzogen. Doch der unbekannte Tote weist laut Befund des Rechtsmediziners »keine sichtbaren Narben oder Spuren von Eingriffen« auf.

MORD MIT LINKS

Professor Weingart sitzt Kommissarin Vera Falck nervös in seinem Büro am Historischen Institut der Universität Duisburg-Essen gegenüber und pafft an seiner Pfeife. Die Kommissarin hat vorhin, als sie zum Tatort gefahren ist, glatte 20 Minuten gebraucht, um sich in den Gebäude- und Abteilungsbezeichnungen auf dem Campus an der Gladbecker Straße in Essen zurechtzufinden. Bis sie schließlich das Gebäude R12 entdeckt hat, und jetzt mit etwas Glück dort auch in Etage vier das Büro von Professor Weingart. Der hier allen Rauchverboten in öffentlichen Gebäuden zum Trotz seine Pfeife pafft.

»Ich habe den Toten vorhin um 9 Uhr gefunden, als ich die Bibliothek aufschloss«, sagt der Professor und musterte Vera Falck mit einem Blick, der unter dichten grauen Brauen hervorkommt wie der einer Schlange, die ein Kaninchen erspäht. »Das ist eigentlich Aufgabe von Herrn Schmidtlein, unserem Bibliothekar. Doch er ist heute nicht zum Dienst erschienen.«

»Der Tote heißt Lothar Kremer«, fasst Vera Falck die ersten Untersuchungsergebnisse zusammen, die sie mit ihrem Kollegen Koschinsky unten in der Institutsbibliothek ermittelt hat. »Er war 22, Doktorand bei Ihnen, und er wurde gestern Abend gegen 21 Uhr erstochen. Aus der Art, wie der tödliche Stich geführt wurde, wissen wir, dass der Täter Linkshänder sein muss.«

Professor Weingarts linke Hand schließt sich um den Kopf seiner Pfeife. »So, so«, sagt er langsam. Der goldene Siegelring an seinem Ringfinger blitzt – sicher die Ehrengabe irgendeines Akademikerclubs für besondere Verdienste. »Ich werde uns Kaffee bringen lassen«, sagt er und aktiviert mit dem rechten Zeigefinger die Gegensprechanlage. »Sandra, Kaffee für zwei!«

Vera Falck schaut auf ihre Notizen mit den Ermittlungsergebnissen ihres Kollegen. »Der Hausmeister des Instituts sagt, dass er Kremer um 20.30 Uhr hineingehen sah. Kremer war Ihr Doktorand. War er mit Ihnen verabredet?«

»Nein!« Weingart zerrt eine altertümliche Taschenuhr aus der Uhrentasche an der linken Seite seiner Weste. »Wo bleibt denn der Kaffee?«

Im gleichen Moment bringt Weingarts Sekretärin, ein verhuschtes Geschöpf unbestimmbaren Alters und undefinierbarer Haarfarbe, auf einem Tablett eine Kanne Kaffee und zwei Tassen. »Darf ich ...«

»Nein, gehen Sie, ich mache das schon!«, herrscht Weingart sie an, als sie eingießen will. Er nimmt die Tasse in die rechte Hand und schenkt der Kommissarin ein. Vera Falck bemerkt, wie die Kanne in seiner Hand etwas zittert. Der Siegelring blinkt.

Die Kommissarin sagt: »Wir wissen, dass nur der Bibliothekar Schmidtlein und Sie einen Schlüssel für die Insitutsbibliothek haben. Da Schmidtlein beteuert, die Bücherei um 20 Uhr abgeschlossen zu haben, und Kremer danach noch gesehen wurde, ist es nur logisch, dass entweder Sie oder Herr Schmidtlein Kremer in der Bücherei getötet haben.«

»Warum hätte ich Kremer töten sollen?«, schnauft Weingart.

»Weil er entdeckt hatte, dass Sie Institutsgelder zweckentfremdet haben«, sagt Vera Falck. »Etwa, um neue Bücher für die Bibliothek anzuschaffen, statt ein Stipendium für begabte Studenten zu vergeben. So hat es uns jedenfalls Herr Schmidtlein erzählt.«

Weingarts Blick gefriert. »Einmal angenommen, Sie haben recht«, schnarrt er zwischen zwei Zügen an der Pfeife, »warum hätte ich dann Kremer ausgerechnet in der Bibliothek erstechen sollen, zu der nur Schmidtlein und ich einen Schlüssel haben?«

»Eine sehr gute Frage!« Vera Falck sieht den Professor an. »Herr Schmidtlein hat gestern, kaum dass er um 20.30 Uhr daheim angekommen war, einen seltsamen Anruf erhalten«, sagt sie. »Jemand, der sich als der Hausmeister des Institutes ausgab, berichtete, dass man Einbruchsspuren an der Bibliothekstür entdeckt habe, und er bat Schmidtlein, schleunigst herzukommen.«

»Und?«, fragt Weingart. Sein Blick wirkt jetzt wie der einer sehr hungrigen Schlange. »Wenn Schmidtlein gekommen ist, dann war er also um 21 Uhr hier, als Kremer erstochen wurde, und damit ...«

»Schmidtlein fuhr natürlich sofort los«, unterbricht Vera Falck ihn. »Doch er hatte einen Unfall, und um 21 Uhr, als Kremer hier erstochen wurde, war Schmidtlein in einem Rettungswagen unterwegs ins Uni-Klinikum in Holsterhausen, wo er die Nacht über zur Beobachtung verbracht hat. Deshalb ist er auch heute nicht zum Dienst erschienen. Schmidtlein hat also ein todsicheres Alibi. Mein Kollege hat ihn im Krankenhaus befragt. Außerdem beschwört der Hausmeister, auf keinen Fall Schmidtlein angerufen zu haben – weil es überhaupt keine Einbruchsspuren an der Bibliothek gab.« Jetzt fixiert Vera Falck den Professor. »Nein, Professor, Sie haben Kremer gestern in die Bibliothek gelockt, um ihn zu töten. Schmidtlein wollten Sie mit dem fingierten Anruf herlocken, damit er für die Tatzeit kein Alibi hatte. Nur durch Schmidtleins Unfall ist Ihr Plan gescheitert – denn weil außer Schmidtlein nur noch Sie einen Schlüssel zur Bibliothek haben, kommen nur Sie als Mörder infrage.«

Weingart schluckt. »Sie sagen doch, der Mörder sei Linkshänder? Ich bin aber Rechtshänder.«

»Oh nein«, sagt Kommissarin Vera Falck. »Sie sind eindeutig Linkshänder.«

Woran hat die Kommissarin das erkannt?

Weingart hat der Kommissarin den Kaffee eingegossen, indem er die Tasse in der rechten und die Kanne in der linken Hand hielt, die Hand, an der er seinen Siegelring trägt. Kein Rechtshänder würde so Kaffee eingießen.

Lösung 10. Rätsel-Krimi

DER EINZIGE ZEUGE

Alle drei Monate etwa schaut Kommissarin Vera Falck in der Koma-Station des Essener Universitäts-Klinikums vorbei und erkundigt sich nach Herbert Kroymann. Im Polizeipräsidium, das ganz in der Nähe liegt, kursieren die unterschiedlichsten Gerüchte über das Interesse der Kommissarin am Schicksal des kleinen Ganoven. Denn nichts anderes ist Kroymann gewesen, als er vor drei Jahren angeschossen wurde. Schwer verletzt ist er ins Krankenhaus eingeliefert worden, das er seitdem nicht wieder verlassen hat. Ein schweres Schädel-Hirn-Trauma durch den Sturz nach der Schussverletzung, dazu ein Kreislaufstillstand – Kroymann ist dem Tod nur ganz knapp von der Schippe gesprungen. Aber er ist auch nicht wieder aus dem Koma erwacht, in das er gefallen ist. Apallisches Syndrom heißt der Zustand, so viel weiß Vera Falck inzwischen. Es ist eine Zwischenwelt, in der diese Patienten existieren, und aus der sie, wenn das Schicksal es gut mit ihnen meint, durchaus wieder erwachen können.

Dass Kroymann überhaupt noch lebt, verdankt er seinem Wohnungsnachbarn Diether Henningsen, der ihn blutüberströmt in seinem Appartement an der Kronprinzenstraße in der Essener Innenstadt gefunden hat. Jetzt sieht Vera Falck Henningsens Namen in dem Besucherbuch, in das sich jeder Besucher der Koma-Station eintragen muss, ehe er zu einem Patienten gehen darf. Von zehn bis elf Uhr ist Henningsen heute bei seinem ehemaligen Nachbarn gewesen.

Als Vera Falck die Station betritt, fällt ihr sofort auf, dass die Ärzte hektischer als sonst sind – und die Schwestern sich flüsternd am Wachzimmer herumdrücken.

»Frau Kommissarin!« Dr. Winter ist der Stationsleiter, und er ist im Moment der Nervöseste von allen. Er hat Vera

Falck abgepasst, als sie an seinem Arztzimmer vorbeigekommen ist.

»Ja?« Die Kommissarin sieht ihn überrascht an.

»Es gibt ... es ist ... es geht um Herrn Kroymann. Er ist tot! Vor einer halben Stunde, um 16.30 Uhr haben die Überwachungsgeräte einen Herzstillstand angezeigt. Wir haben sofort versucht, ihn wiederzubeleben, doch wir konnten nichts mehr tun.« Dr. Winter macht eine Pause. »Das ist umso tragischer, als Herr Kroymann gerade heute Morgen aus dem Koma aufzuwachen begann, in das er vor drei Jahren gefallen war!«

»Kroymann wurde wach?«, fragt Vera Falck. »Warum haben Sie mich nicht sofort angerufen? Er hätte mir sagen können, wer seinerzeit auf ihn geschossen hat!«

Dr. Winter schluckt betreten. »Wir wollten erst einen Vorfall aufklären, den es am Nachmittag hier gegeben hat. Kurz vor 16 Uhr hat eine Schwester bemerkt, wie sich ein Besucher aus Kroymanns Zimmer schlich, der sich offenbar nicht ins Besucherbuch eingetragen hatte. Und nur ein paar Minuten darauf – um 15.58 Uhr – begannen Kroymanns Probleme. Ich kann noch nichts Abschließendes sagen, aber es macht ganz den Eindruck, als ob jemand ... beziehungsweise dieser mysteriöse Besucher Kroymanns sich an seinen Geräten zu schaffen gemacht hat. Das heißt also ...«

»... dass Kroymann ermordet wurde!«, sagt Vera Falck. »Damit haben wir einen Anfangsverdacht für eine Ermittlung. Die Station gilt ab sofort als Tatort.«

Sie ruft die Kollegen von der Mordkommission an. Bis die eintreffen, lässt sie sich Kroymanns Zimmer zeigen und untersucht das Lebenserhaltungsgerät. Keine Fingerabdrücke, soweit sie das erkennen kann.

»Für mich ist die Sache klar!«, sagt sie zu Dr. Winter, der

extrem nervös von der Tür aus alles beobachtet. »Der Täter, der Kroymann damals niederschoss, muss erfahren haben, dass er wieder zu Bewusstsein kam. Daraufhin hat er sich hier eingeschlichen, um ihn zu töten.«

»Aber wir haben niemanden davon verständigt, dass sich Kroymanns Zustand verbessert hatte!«, beteuert Dr. Winter. »Nur der Besucher am Vormittag hat mitbekommen, dass er langsam wieder aufwachte.«

Kroymanns letzter Besucher – das ist Diether Henningsen gewesen. Der einzige Freund, den Kroymann je hatte, wie Vera Falck weiß. Und sie befürchtet, dass Henningsen deshalb einen großen Fehler gemacht hat.

Diether Henningsen arbeitet im Duisburger Zoo, und er ist von drei bis fünf Uhr am Nachmittag vor mehr als hundert Zuschauern als Animateur bei der Delfinshow im RWE-Delfinarium im Einsatz gewesen. Das ist ein mehr als perfektes Alibi, das er Vera Falck präsentieren kann, als sie ihn kurz vor Feierabend an seinem Arbeitsplatz aufsucht. »Haben Sie einem von Kroymanns alten Freunden erzählt, dass er aus dem Koma erwachte?«, fragt ihn die Kommissarin.

»Ich habe zwei Leute angerufen, als ich aus der Klinik kam.« Henningsen zieht sein Handy aus der Tasche und blättert in der Anrufliste. »Udo Sichelschmidt – das ist ein Jugendfreund von Herbert Kroymann, und dann Edmund George. Ein junger Bursche, mit dem Kroymann vor seinem … Unfall vor drei Jahren oft zusammen rumgehangen hat.«

»Das sind genau die beiden, die wir damals verdächtigten, ihn niedergeschossen zu haben«, sagt Vera Falck. Sie sieht sich die Anrufliste auf Henningsens Handy an. Henningsen hatte Udo Sichelschmidt um 14.23 Uhr auf seinem Mobiltelefon erreicht. Der Anruf an Edmund George ist nur drei Minuten später an eine Nummer auf Mallorca gegangen.

»Edmund habe ich bei seiner Großmutter in Palma angetroffen«, sagt Henningsen. »Er reagierte sehr aufgeregt, als ich ihm erzählte, dass Kroymann wieder zu Bewusstsein kam. Wenn er derjenige ist, der damals auf Kroymann geschossen hat, hat er natürlich allen Grund zur Panik.«

»Wenn jemand für den Mord an Kroymann infrage kommt, dann ist es Udo Sichelschmidt«, sagt Vera Falck. »Edmund George ist unschuldig.«

Warum?

Lösung 11. Rätsel-Krimi

Henningsen hat George anderthalb Stunden vor dem Mord an Kroymann auf Mallorca an einem Festnetztelefon erreicht – bis 16 Uhr hätte George unmöglich in Deutschland sein können, um die Tat zu begehen.

EIN DETEKTIV MUSS ALLES WISSEN

Kommissarin Vera Falck wundert sich, dass Linus Reissmueller so guter Laune ist. Immerhin hat der Industrielle jetzt schon das dritte Match der Alten Herren beim Turnier des ETUF hier draußen direkt am Ufer des Baldeneysees verloren. Hinzu kommt, dass sich die Boulevardpresse seit Wochen mit seiner Ehe beschäftigt – angeblich nimmt seine Gattin Lydia es mit der Treue nicht so genau. Die Hochzeit der beiden vor drei Jahren war ein pompöses Fest, über das jedes Klatschmagazin berichtet hat. Dann ist es einige Zeit still um die Reissmuellers geworden – bis plötzlich nicht nur im Vereinsheim des Essener Turn- und Fechtclubs, sondern auch in anderen Kreisen der besseren Essener Gesellschaft Gerüchte aufgetaucht sind, nach denen Lydia auch anderen schöne Augen macht. Was wiederum Linus Reissmueller Anlass zur Sorge gegeben hat.

»Aber jetzt sehe ich klar!«, meint Reissmueller später am Abend an der Bar des Clubs vertraulich zu der Kommissarin. »Lydia ist treu. Punkt!« Das Turnier der Alten Herren hat er rettungslos verloren, was ihn ganz eindeutig nicht stört. Vera Falck hat ohnehin schon länger den Verdacht, dass er nur wegen der gesellschaftlichen Kontakte Mitglied im ETUF ist. Wobei sie allerdings auch realistisch genug ist, zu wissen, dass es Reissmüller nicht um den Kontakt zu ihr geht, sondern zum Essener Polizeichef, der seit Monaten als zukünftiger NRW-Innenminister gehandelt wird.

»Schön, dass Sie Ihrer Frau vertrauen!« Vera Falck nippt an ihrem Caipirinha.

»Ich habe nie wirklich geglaubt, dass Lydia mich hintergeht. Aber nach all den Berichten wollte ich einen Beweis dafür.« Er zieht einen Umschlag aus der Jackentasche. »Also habe ich einen Detektiv hinter Lydia hergeschickt. Ein Spitzenschnüffler, den mir der Schorsch hier aus dem Verein empfohlen hat. Der hat ihm bei seiner Scheidung perfektes Material über seine Ex geliefert. Das hier ist sein Bericht über Lydia. Letzten Donnerstag, als ich geschäftlich in London war, hat er sie beobachtet. Ich dachte, wenn sie wirklich einen Liebhaber hat, wird sie die Chance meiner Abwesenheit nutzen, um sich mit ihm zu treffen.«

»Haben Sie Ihren Superdetektiv als falschen Dienstboten ins Haus eingeschleust?«, fragt die Kommissarin amüsiert.

Reissmueller schüttelt den Kopf. »Nein, er hat unser Haus nie betreten. Aber er hat Lydia den ganzen Tag im Auge behalten.«

Vera Falck mustert die beiden Seiten mit dem beeindruckenden Briefkopf: ›Harry Hunold – Private Ermittlungen, Beweissicherung, Leibwächter‹. Skeptisch beginnt sie zu lesen:

›Donnerstag. 9.07 Uhr. Lydia R. verlässt das Haus und geht mit dem Hund Toby Gassi bis zur Ecke Humboldtstraße. Zurück im Haus um 9.17 Uhr. 9.30 Uhr. Lydia R. verlässt das Haus. Fährt mit Wagen Marke Fiat zu Friseursalon ›Elegance‹, Bismarckstraße 37, Ankunft dort 10 Uhr. Bleibt bis 12.30 Uhr, verlässt Salon dann frisch frisiert. Anschließend Heimfahrt, Ankunft daheim 13.15 Uhr. Gibt dem Gärtner Anweisungen für die Hecken im Vorgarten. Sie lässt Toby aus dem Haus, damit er im Vorgarten spielen kann. 15 Uhr: Lieferwagen der Firma Reichenberger Gartenmöbel fährt vor. Lydia R. nimmt einen Gartentisch, fünf Stühle, einen Sonnenschirm und einen fahrbaren Gartengrill in Empfang. 16 Uhr: Lieferwagen verlässt das Grundstück. 16.30 Uhr: Lydia R. sagt dem Gärtner, dass er heimgehen kann. 17 Uhr: Aus dem Nachbarhaus kommt Leonora Grass-Schneider herüber. Sie und Lydia R. nehmen den Tee im Salon. 17.42: Leonora G.-S. verlässt das Haus wieder. Lydia R. begleitet sie bis zum Gartentor. 18.02 Uhr: Lydia R. verlässt das Haus mit Toby. Führt das Tier Gassi bis zur Ecke Humboldtstraße. Zurück ins Haus um 18.12 Uhr. Macht sich in der Küche ein Sandwich, füttert den Hund und verbringt eine Stunde in der Kellersauna des Hauses.‹

Kommissarin Vera Falck reicht Linus Reissmueller den Bericht des Detektivs mit einem schmalen Lächeln zurück. »Sie haben hoffentlich die Rechnung dieses feinen Schnüfflers noch nicht bezahlt.«

Reissmueller sieht die Kommissarin erstaunt an. »Wieso? Das sind doch alles detaillierte Beschreibungen, wie man sie von einem Detektiv erwarten kann.«

»Und die Details stimmen?«, erkundigt sich Vera Falck. »Der Hund, die Gartenmöbel, die Nachbarin Frau Leonora G.-S., die Kellersauna und so weiter?«

»Aber ja!«, versichert Reissmueller.

»Dann, mein Lieber«, sagt Vera Falck, »spielt Ihr werter Detektiv ein Doppelspiel und hat sich mit Ihrer Frau zusammengetan, um diesen Bericht zu erfinden.«

Wie kommt Vera Falck zu diesem Schluss?

Lösung 12. Rätsel-Krimi

Wie kann der Detektiv wissen, dass Lydia Reissmueller eine Stunde in der Kellersauna verbracht hat? Er hat das Haus doch nur von außen beobachtet und nach Reissmuellers Aussage nie betreten.

DER ABENTEURER

Wie jeden Sonntag hat Theresia Heitkemper, Theater- und Kunstfreundin und seit dem Tod ihres Mannes reiche Witwe, ihre Freunde aus der Bochumer Gesellschaft eingeladen. Dass auch sie dazugehört, kann sich Kommissarin Vera Falck zwar nicht erklären, nimmt es aber als Auszeichnung. Schließlich sind Theresia Heitkempers Matineen legendär – hier trifft man tout Bochum: Schauspieler, Lokalpolitiker, zweifelhafte Gestalten aus dem Bermudadreieck und elegante Society-Ladys. Fasziniert wie alle anderen Gäste hört Vera den Abenteuergeschichten zu, die ein junger Mann mit Vollbart und brennendem Blick erzählt.

»Sein Name ist Gregory Olsen«, sagt Theresia Heitkemper leise neben Vera. »Er ist der Freund der jungen Sandra Keller – Sie wissen schon: Erbin von Keller-Hochbau und des ganzen Vermögens ihrer Eltern. Sie ist vollkommen verliebt in Gregory und will ihn so schnell wie möglich heiraten. Aber Gregory ziert sich – unter anderem wegen der vielen Abenteuer, die er noch erleben möchte. Denn das gibt er als seinen Beruf an: Abenteurer.«

Olsen berichtet gerade von einer Expedition, die er am Titicaca-See in den Anden unternommen hat und bei der er auf einer der Inseln dort schließlich einen halb verfallenen Inka-Tempel gefunden hat.

»Die Anden-Expedition hat er im vergangenen Jahr gemacht«, fährt Theresia Heitkemper fort. »Die gute Sandra hat ihm dabei finanziell unter die Arme gegriffen – mit fast einer halben Million Euro. Gregory wollte einen Dokumentarfilm über die Expedition drehen, aber dann wurden ihm leider von Einheimischen am vorletzten Tag alle Videos geraubt!«

»Was für ein Pech«, meint Vera Falck trocken und hört dem Abenteurer weiter zu.

»Meine Antarktis-Expedition war die aufregendste, die ich gemacht habe«, erzählt Gregory gerade. »Ich bin damals mit meiner Gruppe von den Orkney-Inseln gestartet, und nach ein paar Tagen stießen wir schon auf die ersten Pinguinkolonien, bei denen wir einige Zeit blieben, um Aufnahmen für unseren Film zu machen. Besonders die Bilder vom Angriff einiger Eisbären auf die Pinguine waren absolut beeindruckend. Aber dann rieten uns die Eskimos aus der Siedlung in der Nähe, die Pinguine nicht weiter zu behelligen.«

Vera Falck zieht die Augenbrauen hoch. »Darf ich raten, Theresia – auch diese Reise wurde Gregory von Sandra finanziert?«

»Genau«, sagt Theresia Heitkemper. »Und auch hier verlor Gregory wieder alles Filmmaterial.«

»Der Mann ist in der Tat ein Abenteurer«, sagt Vera Falck mit einem kleinen Lächeln. »Allerdings als Hochstapler. Er hat diese Reisen niemals unternommen!«

Was ist ihr aufgefallen?

Lösung Vera-Falck-Quickie

Bei der angeblichen Antarktis-Expedition wollte Gregory den Angriff von Eisbären auf Pinguine beobachtet haben und Eskimos begegnet sein. In der Antarktis – also am Südpol – gibt es zwar Pinguine, aber keine Eisbären und keine Eskimos. Die leben in der Arktis – am Nordpol.

DER KARTEN-COUP

Kommissarin Vera Falck schaut durch den Einwegspiegel in den Verhörraum, wo ihr Kollege Koschinsky sich mit einem eleganten Mittdreißiger befasst. Eine Streife hat den Burschen vor einer Stunde hereingebracht, und seitdem beißt sich auch der Kollege Koschinsky an ihm die Zähne aus.

»Ich bin unschuldig!«, beteuert der Mann drüben gerade zum hundertsten Mal.

Vera Falck wirft einen Blick auf die Fallakte. Der Mann heißt Hans-Harald Palmer und ist vorgeführt worden, weil zwei Ladenbesitzer aus dem Einkaufszentrum Limbecker Platz ihn wegen Betruges mit einer Kreditkarte angezeigt haben: Gestern Nachmittag hat um 16 Uhr in einem Elektronikmarkt in der großen Mall am Limbecker Platz ein Kunde zwei Digitalkameras der Luxusklasse gekauft und die Rechnung über 1.800 Euro mit einer Kreditkarte beglichen, die auf Hans-Harald Palmer ausgestellt war. Um 17 Uhr hat ein Kunde beim Juwelier neben dem Elektronikmarkt eine Taucheruhr für 1.700 Euro erworben und ebenfalls mit Palmers Kreditkarte bezahlt.

Und bei der Akte ist auch eine Anzeige von Hans-Harald Palmer selbst, die er gestern um 19 Uhr auf dem Polizeirevier Essen-Borbeck aufgegeben hat: Man habe ihm gegen 15 Uhr in der Essener Straßenbahn Linie 105 auf dem Weg nach Karnap seine Brieftasche samt Ausweis und Kreditkarte gestohlen.

Drüben im Verhörraum beugt sich Koschinsky ganz weit zu dem Verdächtigen hinüber. »Soll ich Ihnen sagen, was ich vermute?«, fragt er. »Ich denke, dass Sie die Digitalkameras und die Taucheruhr selbst gekauft haben. Und dann haben Sie den angeblichen Diebstahl der Kreditkarte angezeigt, damit

Sie die Rechnungen nicht bezahlen müssen. Die Kartengesellschaften sind da meist recht kulant. Die beiden Kameras und die Uhr bringen bei einem Hehler oder einer Internetauktion gut und gern 1.000 Euro. Damit hätten Sie ein Geschäft gemacht.«

»Das ist nicht nur eine Unterstellung, sondern auch eine Unverschämtheit!«, sagt Palmer. »Ich werde mich bei Ihrem Vorgesetzten beschweren. Fakt ist, dass mir meine Brieftasche mit der Kreditkarte in der Straßenbahn 105 gestohlen wurde und ich den Diebstahl umgehend auf der Wache in Borbeck angezeigt habe.«

Ein Kollege vom Betrugsdezernat kommt mit einem Fax herein. »Das ist der Hintergrundcheck zu diesem Hans-Harald Palmer, den Koschinsky vorhin in Auftrag gegeben hat«, erklärt er der Kommissarin.

»Was steht drin?«, fragt Vera Falck.

»Palmer gehört eine kleine Druckerei in Altendorf, Nähe Helenenstraße. Also eher so eine Art Copyshop für Flyer und Werbepostkarten, in dem man sich auch T-Shirts bedrucken lassen kann. Vor ein paar Tagen hat er Insolvenz angemeldet. Das Wasser steht ihm finanziell bis zum Hals. Außerdem hat sich inzwischen noch ein Geschädigter aus dem Einkaufszentrum am Limbecker Platz gemeldet – ein Handyladen. Jemand hat dort mit Palmers Kreditkarte gestern Abend gegen 18 Uhr einen Tablet-PC der neuesten Generation gekauft. Und zwar ohne Mobilfunkvertrag – da hätte er ja einen Ausweis zeigen müssen.«

Vera Falck nimmt das Fax und geht damit hinüber zu Koschinsky und Palmer in den Verhörraum. Aufmerksam sieht Palmer ihr entgegen. Er scheint zu ahnen, dass mit der Kommissarin nicht zu spaßen ist. Vera Falck legt Koschinsky wortlos das Fax hin und verlässt den Raum wieder. Durch den

Einwegspiegel sieht sie, wie Koschinsky das Fax studiert – dann grinst ihr Kollege zufrieden.

»Ihnen geht es finanziell nicht gut«, sagt er zu Palmer. »Mit dem Coup haben Sie sich also noch einmal ein wenig Geld verschaffen wollen, ehe Ihnen die Kreditkartengesellschaft den Hahn zudreht, nicht wahr?«

»Sie sollten lieber nach dem Kerl suchen, der mit meiner Kreditkarte einkauft«, sagt Palmer. »Vielleicht ist er auch jetzt noch unterwegs. Wenn er erst mal gemerkt hat, dass es mit den Digitalkameras und dem Tablet-PC funktioniert hat, probiert er es bestimmt in anderen Läden weiter.«

»Die Karte ist doch seit Ihrer Diebstahlsmeldung gesperrt!«, sagt Koschinsky. »Und ich frage mich, wieso Sie gestern den Diebstahl der Karte erst gegen Abend gemeldet haben, als alle Einkäufe am Limbecker Platz bereits gemacht worden waren.«

»Weil ich erst am Abend bemerkt habe, dass die Karte weg war!«, braust Palmer auf. »Wie oft soll ich Ihnen noch sagen: Ich bin kein Betrüger. Sie verrennen sich da in Ihren Verdacht.«

Vera Falck beobachtet ihren Kollegen aufmerksam. Koschinsky studiert seine Unterlagen und meint schließlich: »Ich verrenne mich nicht! Es gibt einen klaren Beweis, dass Sie die Einkäufe gemacht und den Kartendiebstahl nur vorgetäuscht haben.«

Kommissarin Vera Falck lächelt zufrieden, denn sie weiß, dass Koschinsky genau derselbe Beweis gegen Palmer aufgefallen ist wie ihr selbst.

Was hat Vera Falck bemerkt?

Palmer erwähnt, dass mit der Kreditkarte auch ein Tablet-PC gekauft wurde – obwohl dies erst unmittelbar zuvor durch das Fax nur der Kommissarin und ihrem Kollegen bekannt geworden ist.

ABRECHNUNG UNTER FREUNDEN

Der alte Mann heißt Max Schaeffer, und er ist der perfekte Zeuge. Weil er früher einmal beim Ordnungsamt Velbert beschäftigt gewesen ist, Abteilung Grün und Garten. Da hat es zu seinen Aufgaben gehört, die Halter von freilaufenden Hunden im Herminghauspark und am Kaiser-Friedrich-Hain zu verwarnen. Das alles hat Vera Falck bis jetzt von ihm erfahren, einschließlich Schaeffers Versprechen, ihr gleich ›alles‹ zu erzählen, was er von seinem Fenster im Erdgeschoss der Mittelstraße 12 hier in Velbert gesehen hat. Danach, das hat er Vera Falck fest in die Hand versprochen, wird die Kommissarin den Täter sofort dingfest machen können.

»Also, Herr Schaeffer«, sagt Vera Falck geduldig. »Was haben Sie nun gesehen?«

Er habe gerade die Blumen auf dem Fensterbrett gegossen, als es geschehen sei, berichtet der Superzeuge gestenreich. »Von dort kam der Wagen!«, sagt er und deutet auf die Kreuzung Mittelstraße und Sternbergstraße. »Er raste die Mittelstraße hinunter, ohne die Geschwindigkeit zu verringern, obwohl der Fahrer doch sehen musste, dass hier vor dem Haus gerade der Mann die Straße überquerte.«

Der Mann, den Max Schaeffer meint, ist Leo Hessler gewesen, dessen sterbliche Überreste gerade in einem Metallsarg in einen Leichenwagen geschoben werden, um sie zur weiteren Untersuchung ins Rechtsmedizinische Institut nach Essen zu bringen. Hessler hat im Haus nebenan, Mittelstraße Nummer 10, eine kleine Wohnung gehabt. Das hat Vera Falck nicht nur von ihrem Superzeugen, sondern auch von den Kollegen erfahren, die hier mit ihr ermitteln. Der Wagen, nach Aussage vom Max Schaeffer ein hellblauer Ford, hat Leo Hessler erfasst, zu Boden geschleudert und ihn überrollt. »Der Wagen raste weiter bis dort hinten zur Berliner Straße und bog rechts um die Ecke«, fährt Max Schaeffer fort. »Ich glaube, der Fahrer des Fords hat mich im letzten Moment hier am Fenster entdeckt. Ob ich deshalb in Gefahr …«

»Danke für Ihre Hilfe!« Die Kommissarin will gerade gehen, als Max Schaeffer sie am Ärmel zupft.

»Wollen Sie denn nicht das Kennzeichen des Wagens haben?«, fragt er und deutet auf die Nummer, die er mit der Fingerspitze aufs staubige Fensterglas notiert hat.

»Dieter Spürkel heißt der Halter des blauen Fords«, berichtet Vera Falcks Kollege Bergengruen von der Kriminalwache Velbert, nachdem er die Nummer per Funk hat überprüfen lassen.

»Langsam kommt Sinn in die Sache«, sagt die Kommissarin. Sie hat inzwischen die Daten des Opfers im polizeiinternen Datensystem überprüft. Die Ergebnisse sind äußerst aufschlussreich: »Der Leo Hessler war früher mal eng mit Dieter Spürkel befreundet. Beide haben zusammen zahlreiche Einbrüche im Raum Herne und Wanne begangen und waren auch manchmal im Gefängnis. Zuletzt hat Spürkel drei Jahre wegen eines Einbruches gesessen, den er wohl mit Hessler zusammen begangen hatte. Doch Hessler hatte sich ein Alibi verschafft und wurde freigesprochen. Die Beute aus dem Einbruch, Goldschmuck im Wert von rund 10.000 Euro, blieb verschwunden. Vor einem halben Jahr nun ist Spürkel aus der JVA Essen-Krawehlstraße entlassen worden.«

»Und jetzt nehmen Sie an, dass er sich an Hessler rächen wollte?«, fragt Bergengruen. »Oder dass sie wegen der verschwundenen Beute in Streit geraten sind?«

»Fragen wir das Spürkel doch am besten selbst!«, meint Vera Falck.

Spürkel wohnt in einem etwas heruntergekommenen Haus am Rand von Heiligenhaus. Als Vera Falck und ihr Kollege eintreffen, steht er mit einem Polizisten vor der Garage. »Mein Wagen ist gestohlen worden!«, erklärt Spürkel, kaum dass Vera Falck ihren Dienstausweis zeigt.

Der Hauptwachtmeister vom Revier Heiligenhaus lässt nicht erkennen, ob er nun erfreut darüber ist, dass die Kripo aufgetaucht ist, oder nicht. Er hat das aufgebrochene Garagenschloss untersucht und während er jetzt die Fotos für seinen Bericht macht, sagt er: »Herr Spürkel hat eben angerufen und den Diebstahl gemeldet.«

Vera Falck sieht sich in der Garage um. Zwei Winterreifen lehnen an der Wand. »Leo Hessler ist vorhin mit einem blauen Ford überfahren worden«, erklärt sie dann.

Spürkel schluckt. Er wirkt betroffen. Aber ist das echt?

»Recht geschieht ihm!«, meint er.

»Haben Sie nach Ihrer Entlassung wieder Kontakt zu ihm aufgenommen?«, fragt Vera Falck. »Vielleicht um Ihren Anteil an der Beute von damals zu bekommen?«

»Nein, Hessler war für mich gestorben!«, stößt Spürkel hervor, ehe ihm klar wird, wie die Äußerung unter diesen Umständen wirken muss. »Ich habe nicht einmal gewusst, wo er wohnte.«

Vera Falck wirft noch einen Blick auf das aufgebrochene Garagenschloss. »Ich nehme an, Sie haben Ihren Wagen irgendwo versteckt, als Sie bemerkten, dass es einen Zeugen für den Mord an Hessler gibt. Mit der Diebstahlsmeldung wollen Sie den Verdacht von sich ablenken.«

»Was für einen Zeugen?«, raunzt Spürkel.

»Einen alten Mann, der am Fenster stand«, sagt Vera Falck.

»Und wenn schon«, meint Spürkel. »Ich will ja nicht bestreiten, dass er gesehen hat, wie ein blauer Ford Leo Hessler vor seiner Haustür überfahren hat. Aber am Steuer muss der Dieb gesessen haben, nicht ich.«

»Falsch«, sagt Vera Falck. »Sie saßen am Steuer und haben sich auch eben selbst verraten.«

Was meint Vera Falck?

Lösung 14. Rätsel-Krimi

Spürkel weiß angeblich nicht, wo Leo Hessler gewohnt hat, erwähnt dann aber, dass Hessler »vor seiner Haustür« überfahren worden ist.

DIEBSTAHL MIT GEDULD

Kommissarin Vera Falck hört den Direktor des Kunstmuseums Gelsenkirchen schon, ehe sie ihn sieht. Die Stimme des Mannes klingt durch den Saal, in dem gerade eine Ausstellung zur Kunst des Ruhrgebiets gezeigt wird – eine Spätfolge des Kulturhauptstadt-Jahres 2010, wie die Kommissarin vermutet.

»Ein ungeheurer Verlust!«, hört sie. »Die ›Flache Steigung‹ ist fast eine halbe Million Euro wert. Eine Bronzeskulptur von Bruno Sikorski, einem Lüpertz-Schüler aus Oberhausen. Die Skulptur ist 30 Zentimeter hoch und vier Kilo schwer. Wir haben sie lediglich als Leihgabe vom Künstler selbst bekommen – und müssen jetzt für den Verlust geradestehen, wenn die Versicherung uns unzureichende Sicherungsmaßnahmen nachweist!«

Das leere Postament in der Mitte des Saals zeigt, wo die ›Flache Steigung‹ gestanden hat. Nach allem, was Vera Falck dem Ausstellungskatalog über das Kunstwerk entnehmen kann, zeigt es in ›figürlich reduzierter Darstellung‹ einen Bergmann in einem Stollen, was der Künstler als seinen persönlichen Gegenentwurf zur ›Steilen Lagerung‹ auf dem Essener Bahnhofsvorplatz verstanden wissen will. Ein Experte der Spurensicherung untersucht den zylindrischen Plexiglassturz, unter dem die Statue ausgestellt worden ist.

»Fingerabdrücke Fehlanzeige!«, berichtet der Mann. »Wir haben nur das hier.« Er zeigt Vera Falck ein Dutzend langer Stahlschrauben. »Mit denen war der Zylinder fest am Postament gesichert. Der Dieb hat zuerst die Alarmanlage lahmgelegt und dann alle Schrauben sauber herausgedreht, um an das Kunstwerk heranzukommen. Die Spuren an den Schraubenköpfen zeigen, dass er einen Akkuschraubendreher benutzt hat, ein Profigerät. Das muss er mitgebracht haben.«

Die Kommissarin bedankt sich und geht hinüber, wo der Museumsdirektor weiter auf ihren Kollegen Fuchs von der Gelsenkirchener Kripo einredet. Sie ist überzeugt, dass Fuchs die SOKO Ruhr in diesem Fall nur eingeschaltet hat, damit der Museumsdirektor Ruhe gibt und sich genügend ernst genommen fühlt.

Fuchs bittet den Direktor um einen Moment Geduld und erstattet Bericht. »Die Skulptur wurde letzte Nacht gestohlen«, sagt er. »Der Dieb hat sich einschließen lassen und ist nach dem Diebstahl durch ein ungesichertes Oberlicht im Magazin des Museums geflohen.«

Er fährt mit Vera Falck ins Souterrain des Museums und drückt eine Stahltür auf, an der ›Magazin‹ steht. »Hier hat der Täter gewartet, bis das Museum schloss.« Er zeigt in eine Ecke, wo der Deckel einer Blechdose mit einem Dutzend ausgedrückter Zigarettenstummel steht, daneben eine leere Mineralwasserflasche.

»Das spricht für mehrere Stunden Wartezeit«, sagt Vera Falck. »Hat das Museum eine Videoüberwachung?«

»Hat es«, erklärt Fuchs. »Ein paar Kollegen sehen sich gerade die Bänder von gestern an.«

Zwei Stunden später erstatten die beiden Beamten der Kommissarin in der Sicherheitszentrale des Museums Bericht. »Die Videoüberwachung deckt den Ein- und Ausgangsbereich des Museums an der Kasse ab. Seit gestern Mittag haben 56 Personen das Museum betreten. 54 haben es auch wieder verlassen. Zwei sind nicht wieder aufgetaucht.«

Vera Falck sieht sich die Bilder der beiden auf den Monitoren an. Ein großer Mann mit Schnurrbart, der um 14.34 Uhr gekommen ist und außer der Eintrittskarte noch einen Ausstellungskatalog gekauft hat. Es ist zu sehen, wie er ihn in seinem Rucksack verstaut, ehe er die Ausstellung betritt. Der zweite verschwundene Besucher ist ein ebenfalls recht großer, schlanker Mann, der um 17.30 Uhr gekommen ist, eine halbe Stunde vor Museumsschluss. Er raucht aufgeregt, während er seine Karte kauft, und muss vom Museumswärter am Eingang darauf aufmerksam gemacht werden, die Zigarette auszumachen.

Fuchs ist neben seine Kollegin getreten und sieht sich die Standbilder auf den Monitoren an. »Ich habe mich eben noch einmal mit allen Männern vom Sicherheitspersonal unterhalten«, sagt er. »Einer hat erzählt, dass er gestern Nachmittag einen Besucher gegen jede Vorschrift durch eine Feuerfluchttür aus den Ausstellungsräumen auf den Parkplatz hinausgelassen hat. Der Besucher hat gesagt, ihm sei übel, er müsse unbedingt an die frische Luft. Wir müssen dem Wärter die Bilder der beiden Männer hier zeigen. Wenn er denjenigen erkennt, den er hinausgelassen hat, dann wissen wir, dass der andere der Dieb ist, der sich hat einschließen lassen.«

»Genau«, sagt Vera Falck. »Aber auch jetzt ist schon klar, dass nur der erste Besucher, der Mann mit dem Schnurrbart, der Dieb sein kann.«

Was ist der Kommissarin aufgefallen?

Lösung 15. Rätsel-Krimi

Der Mann mit dem Schnurrbart hatte einen Rucksack dabei, in dem sich der Akkuschrauber befand, den er beim Diebstahl benutzte. Der andere Besucher hatte nichts dabei, um ein derartiges Werkzeug zu transportieren.

DIE MUTTER

Kommissarin Vera Falck hat sich für ihre Besucherin viel Zeit genommen – schließlich ist Elaine Carter aus London ins Ruhrgebiet gereist, um Gewissheit zu erlangen.

»Als ich von dem Toten am Buddenbergplatz in Bochum las, war mir sofort klar, dass es sich um meinen Sohn John handeln muss«, sagt sie in ihrem etwas steifen Deutsch. »Seit John 1990 verschwunden ist, habe ich die Hoffnung nie aufgegeben, eine Spur von ihm zu finden.«

Vera Falck blättert in der Ermittlungsakte des geheimnisvollen Toten, den man auf der Baustelle am Buddenbergplatz in der Bochumer City gleich gegenüber des Bahnhofs gefunden hat. Sie verzichtet darauf, Mrs Carter die Bilder von den Überresten der Leiche zu zeigen, die nach dem Befund der Rechtsmedizin zwischen zehn und zwanzig Jahren in der Erde gelegen hat. »Skelettierte männliche Person, Alter etwa 20«, heißt es in dem Bericht. »Spuren von stumpfer Gewalt am hinteren Schädel – ein Hinweis darauf, dass er erschlagen wurde.«

Der Fund des Toten hatte Aufsehen in der Presse erregt, und die Meldung von der ›Leiche am Buddenbergplatz‹ war auf waz.de erschienen und so bis nach Großbritannien gelangt – wo sich Mrs Carter sofort an ihren Sohn erinnerte.

»John war 20, als er 1990 nach Bochum ging, um an der Ruhr-Universität zu studieren. Er schrieb mir einige Male – dann riss der Kontakt ab. Ich habe ihn vermisst gemeldet, und die Polizei ermittelte. Ergebnislos.«

Vera Falck kennt die alten Ermittlungsakten. John hat seine Studentenbude in der Oskar-Hoffmann-Straße in der Nähe der BOGESTRA-Hauptverwaltung am Abend des 23. August 1990 verlassen und ist nie wieder aufgetaucht.

»Es gibt noch keinen Beweis, dass der Tote Ihr Sohn ist«, sagt Vera Falck behutsam.

Mrs Carters Blick fällt auf den Karton neben Veras Schreibtisch. ›Beweismaterial Buddenbergplatz‹ steht darauf.

»Was haben Sie bei ihm gefunden?«, fragt sie. »Vielleicht ein goldenes Halskettchen?«

Vera Falck greift zögernd nach dem Karton. Zuoberst liegen der Bericht des Labors und eine Liste der Gegenstände in den Plastikbeuteln. »Turnschuhe mit Gummisohle, Reste einer Jeans, erkennbar an den Metallknöpfen und dem Reißverschluss. Im Bereich der Hosentaschen ein Einwegfeuerzeug und sieben Euro, 55 Cent in Münzen. Reste einer schwarzen Lederjacke, im Bereich der Taschen drei Plastikkugelschreiber mit Werbeaufdruck der AOK.« Vera sieht auf. Mrs Carter schluckt. »Kein goldenes Halskettchen.«

Ein paar Sekunden ist es sehr still in dem Büro. Dann sagt Vera Falck behutsam: »Mrs Carter – der Tote ist nicht Ihr Sohn. Dafür gibt es einen ganz eindeutigen Beweis.«

Was meint Vera Falck?

John verschwand 1990 im Alter von 20 Jahren. Der Tote vom Buddenbergplatz war zwar ebenfalls etwa 20 Jahre alt, aber er hatte Euro-Münzen bei sich, die erst seit 2001 in Umlauf sind. Er konnte also erst nach 2001 getötet worden sein – und da wäre John bereits 30 gewesen.

Lösung Vera-Falck-Quickie

SCHUSS AUF DEN KILLER

Kommissarin Vera Falck ist sich bewusst, dass ein einziger Funken die gespannte Situation vor dem Amtsgericht hier in Gelsenkirchen zur Explosion bringen kann. »Tim Unger hat sich in der dritten Etage verschanzt«, erklärt Maik Ottensen, sportlicher Leiter des MEK, der Kommissarin rasch die Situation. Das Mobile Einsatzkommando ist sofort nach der Alarmierung durch das Wachpersonal im Gericht ausgerückt. Der Bereich zwischen Ebertstraße und Munkelstraße ist von der Einsatzhundertschaft abgesperrt, und es ist eigentlich, das weiß Vera Falck, nur eine Frage der Zeit, bis der Flüchtige so zermürbt ist, dass er aufgibt.

»Unger hat während seines Prozesses heute Vormittag einem Justizwachtmeister die Waffe entreißen können«, fährt MEK-Mann Ottensen fort. »Er hat zwei Schüsse auf Roderick Winter abgegeben, unseren Kollegen vom Drogendezernat, der als Zeuge gegen ihn aussagen sollte. Zum Glück hat er Roderick nicht getroffen. Dann hat Unger sich nach oben in eins der Büros zurückgezogen und verlangt freien Abzug.«

»Hat er eine Geisel?«, fragt Vera Falck.

»Zum Glück nicht«, mischt sich Roderick Winter ein. Der Drogenkommissar hat markante Gesichtszüge und leuchtend rote Haare. Würde er nicht gerade nervös mit seiner Dienstwaffe herumfuchteln, könnte Vera Falck ihn für einen durchaus interessanten Mann halten. »Wir sollten ihn da mit Gewalt rausholen!«, erklärt er.

»Nichts überstürzen«, dämpft Maik Ottensen ihn. »Sie haben Glück gehabt, dass Unger Sie mit den beiden Schüssen nicht verletzt hat. Bis jetzt sind keine weiteren Schüsse gefallen, und ich werde alles tun, dass es auch so bleibt!«

Roderick Winter zuckt mit den Achseln. Man sieht ihm an,

dass er sich kaum unter Kontrolle hat. Vera Falck ist sicher, dass Winter am liebsten sofort wie Rambo auf seiner letzten Mission mit gezogener Waffe ins Gebäude stürmen möchte, um den Kerl zu stellen, der vorhin auf ihn geschossen hat. Winter dreht sich abrupt um und verschwindet um die Ecke des Gerichtsgebäudes.

»Winter war Belastungszeuge gegen Unger?«, fragt Vera Falck.

Maik Ottensen nickt. »Unger war angeklagt, ein Kilo Rauschgift angeboten zu haben. Roderick war vom Rauschgiftdezernat als Lockvogel geschickt worden, um den Deal abzuwickeln. Kurz danach wurde Unger verhaftet. Seit seiner ersten Vernehmung hat er immer wieder behauptet, er habe Roderick nicht ein, sondern zwei Kilo Rauschgift übergeben. Roderick habe angeblich ein Kilo für sich beiseitegeschafft. In der Verhandlung heute hat Unger plötzlich erklärt, dass er auch Beweise für seine Behauptung hat.«

Ottensens Funkgerät meldet sich knatternd. »Roderick Winter hat gerade des Gebäude betreten«, berichtet der Posten von der Rückfront des Gerichtes hektisch. »Wir konnten ihn nicht aufhalten.«

Im nächsten Augenblick dröhnen kurz hintereinander zwei Schüsse aus der dritten Etage. Maik Ottensen wird blass. Und dann sagt er, was Vera Falck nur denkt: »Scheiße!«

Tim Unger liegt neben der Tür des Büros. Er ist tot. Rodericks Kugel hat ihn in die Brust getroffen. In der Hand hält Unger noch den sechsschüssigen Revolver, den er bei seiner Flucht dem Wachbeamten abgenommen hat. Vera Falck hebt die Waffe behutsam auf und drückt die Trommel heraus. Vier tödliche Patronen stecken noch in den Kammern. Unger ist ohne Zweifel gefährlich gewesen.

Roderick Winter steht ganz in der Nähe im Gang vor einem offenen Fenster, umringt von seinen Polizeikollegen. »Sie hatten keinerlei Befugnis, hier einzugreifen!«, herrscht der Einsatzleiter Roderick an.

»Aber wenigstens ist die Sache damit beendet«, sagt Roderick kühl.

»Das wird ein Nachspiel haben!«, donnert der Einsatzleiter. »Ich werde persönlich dafür sorgen, dass Sie aus dem Polizeidienst entfernt werden!«

Vera Falck entgeht nicht das spöttische Lächeln, mit dem Roderick das quittiert. Sie nimmt den jungen Beamten zur Seite. »Erzählen Sie mir, was passiert ist!«

»Als ich hier heraufkam, hat Unger auf mich geschossen, und ich habe das Feuer in Notwehr erwidert. Eine klare Sache!«

»Keineswegs«, sagt Vera Falck. »Sie haben Unger vorsätzlich erschossen, Roderick, um ihn als Zeugen für Ihre Rauschgiftgeschäfte auszuschalten.«

»Wie bitte?« Roderick kneift die Augen zusammen. »Wollen Sie mich verarschen, Kollegin? Das hier war Notwehr. Er hat zuerst auf mich geschossen!«

»Nein«, sagt Vera Falck. »Das ist eine Lüge, und ich kann auch beweisen, dass Unger hier überhaupt nicht auf Sie geschossen hat.«

Was ist Vera Falck aufgefallen?

Unger hat einen sechsschüssigen Revolver gehabt. Zwei Schüsse hat er bereits im Gerichtssaal auf Roderick abgegeben. Nach Ungers Tod findet Vera Falck noch vier Patronen in Ungers Waffe – also kann Unger gar nicht mehr auf Roderick geschossen haben. Roderick hat vielmehr selbst zweimal geschossen, einmal auf Unger und einmal aus dem offenen Fenster, um später behaupten zu können, Unger habe auf ihn gefeuert.

Lösung 16. Rätsel-Krimi

EIN MAULWURF TAUCHT AB

Kommissarin Vera Falck und ihr Kollege Wolff von der Sonderermittlungsgruppe ›Korruption‹ der Staatsanwaltschaft in Wuppertal warten schon seit einer Stunde in ihrem diskret geparkten Zivilwagen beim Bismarckturm in der Hardtanlage. Heute am späten Nachmittag, als Vera Falck den Übergabeort inspizierte, genoss sie den perfekten Blick über Elberfeld und Barmen, den man von dem Turm auf dem kleinen Bergrücken zwischen den beiden Stadteilen hat. Jetzt allerdings ist es mittlerweile fast 23 Uhr, und alles, was man hier in der Hardtanlage noch genießen kann, ist die laue Juninacht. Außer Liebespaaren ist niemand mehr unterwegs. Und schon gar nicht der Informant, mit dem Vera Falck verabredet ist. Nach wie vor gibt es nicht das geringste Lebenszeichen von ihm.

»Ich fürchte, der Maulwurf hat kalte Füße bekommen«, murmelt Wolff frustriert.

Vera Falck neigt dazu, seine Meinung zu teilen. Dabei hat alles so vielversprechend geklungen, was ihr der Mann, der sich nur ›der Maulwurf‹ genannt hat, am Telefon erzählte: Dass er in verantwortlicher Stelle bei BeRing-Bau arbeite, einer Baufirma, die im Verdacht steht, sich ihre Aufträge mit Schmiergeldern bei der Stadtverwaltung zu besorgen. Das hat in Wuppertal fast schon Tradition, die jüngsten Verfahren wegen ähnlicher Mauscheleien liegen noch gar nicht so lange zurück. Bei seinem letzten Anruf heute Nachmittag um 18.30 Uhr hat der Maulwurf sehr nervös gewirkt. »Ich glaube, Benneter oder sein Kompagnon Ringmeyer sind mir auf die Spur gekommen, dass ich belastende Daten von den Computern auf einen USB-Stick kopiert habe«, hat er geflüstert. »Einer von den beiden muss noch hier in der Firma sein. Ich versuche, an ihm vorbeizukommen und die Daten rauszubringen. Treffen wir uns um 22 Uhr am Eingang des Bismarckturms in der Hardtanlage. Seien Sie ...« Dann ist plötzlich im Hintergrund zu hören gewesen, wie jemand an die Tür klopfte. »Ich muss Schluss machen!«, hat der Maulwurf noch gesagt und aufgelegt. Das war das Letzte, was Vera Falck von ihm gehört hat.

»Einsatz BeRing-Haus!«, meldet sich die Funkzentrale plötzlich. »Code 11. Adresse Friedrich-Ebert-Straße 23. Anfahrt ohne Sonderrechte. KDD übernimmt bei Eintreffen.« Vera Falck spürt, wie sich ihre Nackenhaare aufrichten. ›Code 11‹ heißt, dass es einen Todesfall mit Verdacht auf Fremdeinwirkung gibt. Kurz gesagt: um Mord. Sie greift zum Mikrofon. »Wir übernehmen!«

Der Tote heißt Lothar Mauss, er ist der Buchhaltungsassistent bei der BeRing-Bau an der Friedrich-Ebert-Straße gewesen, und er liegt mit eingeschlagenem Schädel in seinem Büro. Der Wachdienst des Bürohauses hat ihn entdeckt und die Polizei verständigt. »Und natürlich habe ich auch schon Herrn Benneter und Herrn Ringmeyer angerufen, die beiden Chefs«, berichtet der Wachmann, als Vera Falck ihn befragt.

»Wann haben Sie Benneter und Ringmeyer zuletzt gesehen?«, will die Kommissarin wissen.

»Die Angestellten haben um 17.30 Uhr Feierabend gemacht, danach waren nur noch Lothar Mauss, Benneter und Ringmeyer hier im Gebäude«, sagt der Wachmann. »Auf meiner 18-Uhr-Runde habe ich Benneter und Ringmeyer noch oben in der fünften Etage in ihrem Chefbüro gesehen. Mauss ist mir im Computerraum in der vierten Etage über den Weg gelaufen!« Der Mann kratzt sich am Kopf. »Benneter ging um 18.45 Uhr, und Ringmeyer hat um 20.15 Uhr das Haus verlassen. Benneter wirkte irgendwie hektisch, als er aus dem Lift kam.«

»Und ist Ihnen auch bei Ringmeyer etwas aufgefallen?«, fragt Vera Falck.

»Nein, nichts. Fast hätte ich nicht bemerkt, dass er gegangen ist – er ist mit dem Lift in die Tiefgarage gefahren und hat einen von unseren Firmenwagen genommen. Ich hab ihn nur durch Zufall aus der Garage herausfahren sehen.«

Vera Falck geht wieder in das Büro von Lothar Mauss, in dem die Männer der Mordkommission arbeiten. »Tatzeit war zwischen 18.30 und 20.30 Uhr«, erklärt der Rechtsmediziner und legt ein Tuch über den Toten – einen schmächtigen Mann von 34 Jahren mit schütterem Haar und einer großen blutigen Wunde auf der Stirn. Vera Falck ist fest davon überzeugt, dass er der Maulwurf gewesen ist, der die Informationen aus dem Innenleben der BeRing-Bau liefern wollte.

»Tatwaffe war ein Briefbeschwerer, offenbar vom Schreibtisch des Toten«, ergänzt ein Spurentechniker. »Keine Fingerabdrücke zu sichern.«

Wolff hat unterdessen das Mobiltelefon des Toten untersucht. »Mauss war der Maulwurf«, sagt er und zeigt Vera Falck die Liste der ausgehenden Anrufe auf dem Display. »Hier: Um 18.30 hat er unsere Nummer bei der Staatsanwaltschaft gewählt und zwei Minuten gesprochen. Das war der Anruf, bei dem er sich mit uns verabredet hat. Die anderen Anrufe sind auch interessant: Um 19 Uhr hat er die German Air angerufen. Ich habe nachgefragt: Er hat einen Flug nach Antigua für übermorgen gebucht. Dann noch ein Anruf bei einem Rechtsanwalt in Oberbarmen, um 20 Uhr. Da habe ich leider nur den Anrufbeantworter ans Telefon bekommen.«

Vera Falck spekuliert: »Erst wollte er uns das Material übergeben, dann wollte er sich mit einem Anwalt beraten und sich schließlich nach Antigua absetzen.«

Zwei elegante junge Männer kommen, begleitet von dem Wachmann, aus dem Lift. Bernd Benneter und Jo Ringmeyer wirken nicht übermäßig schockiert, als sie von dem Mord an ihrem Mitarbeiter erfahren.

»Herr Ringmeyer«, sagt Vera Falck. »Sie sind vorläufig festgenommen. Nach allem, was wir wissen, kommen nur Sie als Täter infrage.«

Wie ist Vera Falck zu diesem Schluss gelangt?

Lösung 17. Rätsel-Krimi

Lothar Mauss hat um 20 Uhr noch telefoniert, also muss er danach getötet worden sein. Da ist aber nur noch Ringmeyer im Haus gewesen, denn Benneter ist um 18.45 Uhr gegangen. Ringmeyer hat das Gebäude dagegen erst um 20.15 Uhr verlassen.

DAS JOHN-LENNON-KOMPLOTT

Die Explosion hat Harry Ohlendorfs kleinen Laden für Musikinstrumente an der Hattinger Straße in der Bochumer Innenstadt, ganz in der Nähe des Schauspielhauses, komplett zerstört. Zerfetzte Gitarren, zersplitterte Geigen, ein Haufen verkohlter Tamburine, die Überreste von mindestens drei Schlagzeugen bilden ein bizarres Stillleben. Es riecht nach Qualm und Löschwasser, denn die Feuerwehr ist schnell zur Stelle gewesen, nachdem um 15.30 Uhr ein Nachbar den Notruf gewählt und von »einer Explosion« berichtet hat. Und natürlich haben die fixen Jungs von ›Radio Bochum‹ wieder mal ein Ohr auf dem Kanal des Feuerwehrfunks gehabt und schon 15 Minuten später eine Live-Reportage vom Ort der Explosion gesendet. Weit hat es der Reporter von der Redaktion bis zum Unglücksort ja nicht gehabt.

Kommissarin Vera Falck und ihr Kollege Koschinsky von der SOKO Ruhr sind jetzt seit etwa einer Stunde am Tatort, haben sich alles angesehen, haben mit den Brandermittlern der Feuerwehr gesprochen und schließlich zugesehen, wie Angestellte der Rechtsmedizin die sterblichen Überreste von Harry Ohlendorf in einem Transportsarg hinaus zu ihrem Wagen gebracht haben.

»Ohlendorf war auch als Gutachter für wertvolle Instrumente tätig«, sagt Vera Falck zu Koschinsky.

»Und er kam bei einem Unfall ums Leben«, sagt Koschinsky. »Das hat der Brandermittler ja eindeutig festgestellt – ein defekter Gasofen hinten im Büro ist explodiert. Also kein Mord! Machen wir Feierabend – das ist kein Fall für uns.«

»Trotzdem ist etwas komisch«, sagt Vera Falck. »Als auf

›Radio Bochum‹ diese Sensationsreportage hier vom Tatort lief, rief ein gewisser Erwin Manderscheidt im Präsidium an und erkundigte sich, ob Ohlendorf tot sei und was mit den Instrumenten in seinem Laden geschehen sei. Diesem Manderscheidt gehört eine Galerie in Bottrop, beim Revierpark Vonderort. Fahren wir zu ihm und fragen ihn, was er will!«

Vera Falcks Kollege sieht auf die Uhr, als er zu der Kommissarin in den Zivilwagen steigt. »Halb fünf«, sagt er. »Eigentlich hätten wir jetzt Feierabend.«

Der Feierabendverkehr auf der A 40 fließt gewohnt träge, sodass Koschinsky eine halbe Stunde braucht, bis er Erwin Manderscheidts Galerie für Pop-Art gleich gegenüber dem Revierpark erreicht.

»Wir schließen jetzt«, sagt die Empfangsdame.

Vera Falck zeigt ihren Ausweis. »Herr Manderscheidt erwartet uns«, sagt sie. »Hat er übrigens heute einmal die Galerie verlassen?«

»Er kam um neun, um zu öffnen«, erklärt die Sekretärin. »Um Viertel nach elf fuhr er weg und kam kurz vor halb zwölf zurück, weil er hier mit Mister Yoshida verabredet war.«

»Mister Yoshida?«, fragt Koschinsky hinter Vera Falck. »Doch nicht etwa Yakamura Yoshida? Der Yoshida?«

Der Blick der Rezeptionistin hellt sich auf. »Genau, der Yoshida!«

Manderscheidt ist in seinem Büro. Bei ihm ist ein Japaner. »Das ist Yakamura Yoshida«, stellt der Galerist seinen Gast vor. Vera Falck deutet eine Verbeugung an, während ihr Kollege aufgeregt wie ein Teenie beim Boygroup-Konzert etwas davon stammelt, wie erfreut er ist, den Meister persönlich kennenlernen zu dürfen. Während sie sich setzen, flüstert er Vera zu: »Er ist ein bekannter Künstler! Weltbekannt.«

»Und er wird bei mir ausstellen!«, sagt Manderscheidt, der das gehört hat.

Der Japaner verbeugt sich. Vera verbeugt sich. Koschinsky verbeugt sich.

»Sie haben heute bei der Bochumer Polizei angerufen«, beginnt die Kommissarin und sieht Manderscheidt an.

»Ja, ich habe Sie angerufen, weil ich heute eine wertvolle Gitarre für ein Wertgutachten zu Ohlendorf gebracht hatte«, sagt Manderscheidt. »Eine Gitarre, die zu Yoshidas Kunstinstallationen gehört und die er mir vor ein paar Tagen schon überlassen hat. Das Instrument ist eine Rickenbacker und hat früher einmal John Lennon gehört.«

»Yoshida bringt in seinen Installationen Instrumente aus dem Besitz toter Pop-Musiker zum Klingen, um damit eine ästhetische Brücke zu deren ...«, beginnt Koschinsky, schweigt aber, als er Veras Blick sieht.

Yoshida sagt düster: »Ich habe Ihnen das Instrument anvertraut, Mister Manderscheidt, und jetzt ist es offenbar bei dieser Explosion zerfetzt worden.« Er sieht Vera Falck an. »War es ein Attentat? Ich hörte im Radio, dass Ohlendorf dabei gestorben ist. Er ist ... war ein anerkannter Experte für Beatles-Instrumente.«

»Ein defekter Gasofen ist explodiert«, sagt Vera Falck. »Die Explosion fand um 15.30 Uhr statt, sie zerstörte den Laden und tötete Ohlendorf.«

»Und weil ich Ohlendorf die Rickenbacker kurz vorher vorbeigebracht hatte, rief ich die Polizei in Bochum an, um Genaueres zu erfahren«, sagt Manderscheidt. »Die Versicherung hat plötzlich ein Gutachten über den Wert des Instrumentes verlangt. Zum Glück war Ohlendorf ein Fachmann auf diesem Gebiet und auch hier in der Nähe.« Er sieht Vera Falck an. »Danke, dass Sie so freundlich sind, jetzt noch vorbeizukommen. Sicher haben Sie bereits Feierabend.«

»Noch nicht«, sagt Vera Falck. Sie mustert das Transistorradio auf dem Büroschrank neben Manderscheidts Schreibtisch und wendet sich an Yoshida. »Sie waren hier, als Manderscheidt bei ›Radio Bochum‹ die Meldung von der Explosion hörte?«

Yoshida nickt. »Ich saß seit halb zwölf mit Manderscheidt zusammen«, sagt er. »Wir haben meine Ausstellung durchgesprochen, die ich bei ihm machen werde. Nach der Radiomeldung wurde Herr Manderscheidt blass und stotterte, dass dies der Laden des Experten gewesen sei, bei dem er die Gitarre am Vormittag abgegeben habe. Ich habe ihn dann sofort gebeten, die Polizei zu verständigen. Haben Sie noch Reste der Gitarre gefunden? Das Instrument ist eine halbe Million Euro wert. Und es gibt Sammler, die einen Mord begehen würden, um an die Rickenbacker zu kommen, mit der John Lennon unzählige Konzerte gespielt hat.«

Vera Falck sieht den Galeristen an. »Nun, einen Mord haben Sie zwar nicht begangen, Herr Manderscheidt, aber Sie haben Yoshida und uns vorgelogen, dass Sie die Gitarre zu Ohlendorf gebracht hätten, als Sie im Radio von der Explosion hörten. Die Gitarre ist noch hier, nicht wahr?«

Was ist Vera Falck aufgefallen?

Lösung 18. Rätsel-Krimi

Vera Falck und Koschinsky brauchten mit dem Wagen von Ohlendorfs Laden zu Manderscheidts Galerie eine halbe Stunde. Manderscheidt hatte die Gitarre angeblich am Vormittag vor Yoshidas Besuch zu Ohlendorf gebracht, aber er war laut Aussage seiner Rezeptionistin nur von 11.15 Uhr bis 11.30 Uhr außer Haus – unmöglich, in dieser Zeit zu Ohlendorf nach Bochum und auch wieder zurück zu fahren.

DER BOTE

Genau so hat sich Kommissarin Vera Falck den Typ des verschrobenen Hobbyforschers immer vorgestellt: ein hagerer Mann von unbestimmbarem Alter, trotz der hochsommerlichen Temperaturen mit einer Strickjacke undefinierbarer Farbe bekleidet. Mit einem Wort: Hubertus Hoffgarten ist das fleischgewordene Klischee. Sein ›Büro‹ in der Garage neben seinem Einfamilienhaus in Bochum-Gerthe quillt über von Büchern. Vera Falck blinzelt ins Licht der Schreibtischlampe. Hinter der Lampe beugt sich Hubertus Hoffgarten über die großformatigen Fotokopien einer altertümlichen Handschrift, die er vor sich liegen hat. Er wedelt mit der Hand zur Kommissarin hinüber.

»Kommen Sie, kommen Sie!« Der Mann wedelt weiter. »Ich habe Sie hergebeten, weil ich als Wissenschaftler Ihre Meinung als Kriminalistin brauche!«

Vera Falck weiß natürlich, dass Hoffgarten lediglich ein pensionierter Straßenbahnfahrer der BOGESTRA ist, der sich intensiv der Heimatforschung widmet, seit er im Ruhestand ist.

»Wenn das stimmt, dann ist es eine Sensation!«, meint Hoffgarten und legt Vera Falck die Kopien einiger alter Schriftsätze vor. »Was wissen Sie über die Geschichte des Zisterzienserklosters in Stiepel?«

»Nur das Übliche«, meint Vera Falck und kramt angestrengt in ihrem Gedächtnis. Zuletzt ist sie als Polizistin kurz im Streifendienst draußen in Stiepel gewesen, wo das Kloster geduckt am Rand eines flachen Berges liegt. »Gegründet wurde das Kloster 1988 von Kardinal Hengsbach, dann 1990 feierlich …«

»Nein, nein, nein!« Hoffgarten schüttelt ungeduldig den Kopf. »Früher. Viel früher! Vor etwa tausend Jahren! Was war da?«

»Da muss ich grade in der Schule gefehlt haben«, grinst Vera.

Hoffgarten hebt den Zeigefinger. »Im Jahr 1001 vergab Kaiser Otto III. den Hof Stiepel an den Grafen Ludger und Gräfin Imma von Stiepel. Die Gräfin bekam 1008 durch Vermittlung von Kaiser Heinrich II. die Erlaubnis, eine Kirche zu Ehren der Jungfrau Maria zu errichten. Und aus dieser Zeit stammen die Dokumente, die ich gefunden habe.«

»Interessant«, meint Vera Falck und fragt sich, was Hoffgarten denn nun eigentlich von ihr will. »Welche Dokumente?«

»Es ist ein Bericht des Boten, der 1008 das Dokument mit der Erlaubnis zur Kirchengründung nach Stiepel brachte«, erklärt Hoffgarten triumphierend und tippt immer wieder auf seine Kopien der altertümlichen Schriften. »Der Bote war auf seinem Weg mehrere Male überfallen worden und hatte alle seine Begleiter verloren, die ihn eigentlich hatten beschützen sollen, sodass er schließlich ganz allein mit dem kaiserlichen Dokument eintraf. Nachdem er es der Gräfin von Stiepel übergeben hatte, blieb er in Stiepel und ließ sich nieder. Er schrieb später seine Erinnerungen an die gefährliche Reise auf – und diese Schriftstücke habe ich jetzt bei meinen Recherchen in den Archiven der alten Kirche in Stiepel entdeckt. Lesen Sie selbst – ich habe das alte Deutsch ins heutige übersetzt.«

Vera Falck liest neugierig, was Thomar von Krusenstein, der Bote des Kaisers, aufgeschrieben hatte: »… dass Gott mir auf meiner gefährlichen Reise beigestanden hat und ich ihm für seine Hilfe danken werden, solange ich lebe und die Erde ihre Bahnen um die Sonne zieht. Dies notiere ich im Jahre des Herrn 1045, alt und gebrechlich und auf der Schwelle des Todes, zum Wissen all derer, die nach mir kommen werden.«

»Sensationell, nicht wahr?«, fragt Hubertus Hoffgarten.

»Nun ja …«, meint Vera Falck. »Wenn es echt wäre … Aber dieses angebliche Geständnis stammt keinesfalls aus der Zeit um 1045.«

Was ist der Kommissarin aufgefallen?

Lösung Vera-Falck-Quickie

In Thomars Bericht heißt es: »Solange die Erde ihre Bahnen um die Sonne zieht.« Doch das heliozentrische Weltbild existiert erst seit den Forschungen von Nikolaus Kopernikus (1473-1543). Vorher glaubten die Menschen, dass die Sonne sich um die Erde dreht.

DROHUNG FÜR ELAINE

Vera Falck sieht aufmerksam zu, wie der Grafologe den Drohbrief auf der Rückseite des Manuskriptblattes untersucht. Vielleicht kann sie ja noch etwas lernen. Der Mann, den sie in seinem Institut in Bochum-Wattenscheid aufgesucht hat, gilt schließlich als einer der Besten seines Fachs. Dabei würde man in dieser Umgebung – dem gesichtlosen Gertrudis-Center am Alten Markt, gleich neben der Stadtbücherei – eher ein Inkassobüro oder irgendeine dubiose Schuldnerberatung erwarten und nicht ein ›Institut für Schriftanalyse‹ von deutschlandweiter Bedeutung

›Sei vorsichtig mit der Vergangenheit, sonst hast du keine Zukunft!‹, lautet der in Blockbuchstaben geschriebene Text, den der Experte jetzt schon glatte zehn Minuten intensiv durch seine Lupe betrachtet, nachdem er ihn vorher eine halbe Stunde lang fotografiert, eingescannt, bedampft und wieder getrocknet hat.

»Ein sehr impulsiver, gewalttätiger Mensch hat das geschrieben«, sagt der Grafologe jetzt endlich. »Er hat seine Schrift verstellt. Mehr kann ich nicht sagen.«

Die Kommissarin beginnt ein wenig an der deutschlandweiten Bedeutung dieses Institutes zu zweifeln.

Der Schriftsachverständige gibt der Kommissarin das Manuskriptblatt zurück. »Wer bekommt solche Post?«

»Eine alte Freundin von mir«, meint Vera Falck vage.

Die alte Freundin heißt Elaine Marx, ist inzwischen über 40 und lebt in ihrem kleinen Häuschen in einem der Vororte. Früher, als Vera Falck noch im Revierdienst der Wache Werden in Essen-Werden Streife gelaufen ist, hat sie Elaine als ›Rosalie – das Model, das Zeit für den gepflegten Herrn hat‹ kennengelernt. In einem eigens gemieteten Appartement am Rand des

Werdener Altstadtkerns hat Elaine sich gemeinsam mit einer Freundin ihr Studium an der Essener Folkwangschule verdient – als ›Gesellschafterin‹, wie sie es genannt hat.

»Schrecklich, diese Drohung«, murmelt Elaine, als Vera Falck ihr kurz darauf im gemütlichen Wohnzimmer ihres Hauses in Wattenscheid-Eppendorf gegenübersitzt. Auf dem Tisch liegt der Umschlag, in dem der Brief gekommen ist: ein normales Kuvert, die Adresse in Blockbuchstaben geschrieben und laut Poststempel vorgestern, am Donnerstag, in der Stadt aufgegeben und im Briefzentrum Essen verarbeitet worden.

»Die Drohung steht auf der Rückseite eines Blattes aus meinem Buchmanuskript«, sagt Elaine und dreht den Brief um. »Hier, Seite 153.«

Das erwähnte Buch ist Elaines Autobiografie, an der die ehemalige Tänzerin aus dem Wuppertaler Ensemble von Pina Bausch gerade schreibt. Einen Verlag hat sie auch schon gefunden, und in den Zeitungen hat vor Kurzem ein Bericht über ihr Projekt gestanden. »Ein paar alte Bekannte haben schon deswegen angerufen«, sagt Elaine. »Ehemalige Kunden, die angesehene Geschäftsleute sind. Ein paar Schauspielschüler von der Folkwangschule, die es zu etwas gebracht haben und sich jetzt darum sorgen, dass ich erwähnen könnte, dass sie mein Appartement auch hin und wieder für gewisse Treffs benutzt haben.« Sie lehnt sich zurück und zündet sich eine Zigarette an. »Und dann ist am Dienstag dieser Woche auch noch bei mir eingebrochen worden. Der Dieb hat nur den Ausdruck des Manuskriptes gestohlen, der auf meinem Schreibtisch lag.« Elaine lacht kurz auf. »Aber zum Glück waren es nur die ersten 189 Seiten von insgesamt 400, die ich mir noch einmal zur Korrektur vorgenommen hatte. Eine Kopie des kompletten Manuskriptes ist Gott sei Dank einmal im Internet gespeichert, eine andere liegt im Büro meines Verlegers.«

Vera Falck sieht sich noch einmal die Manuskriptseite an, auf der die Drohung steht. »Ist das eine Seite von denen, die gestohlen wurden?«, fragt sie.

»Ja«, sagt Elaine. »Ich erkenne das an den Korrekturen, die ich im Text gemacht habe.«

»Wer hat denn ein besonders großes Interesse daran, das Erscheinen des Buches zu verhindern?«

»Mikail Delbowski«, sagt Elaine sofort. »Heute nennt er sich Mike Delbo und ist der Star von Tanzshows für Teenager beim Privatfernsehen. Aber angefangen hat er als kleiner Zuhälter im Essener Rotlichtviertel. Du hast ihn vielleicht am Dienstag bei der Liveübertragung von ›Star Dancer‹ aus der LANXESS arena in Köln gesehen. Diese Show, in der Promis tanzen. Mike sitzt da in der Jury. Er hat es wirklich weit gebracht. Und dann noch Udo Marquis. Er ist heute ein Starfotograf und hat früher die Bilder für die Pornohefte gemacht, die sie im Essener Westviertel produzieren.«

»Hast du mit einem von ihnen kürzlich Kontakt gehabt?«

»Delbo hat vorgestern angerufen und gesagt, dass er mich verklagen wird, wenn ich seinen Namen in dem Buch nenne. Und kurz darauf tauchte Udo Marquis hier auf und verlangte, dass ich seinen Namen aus dem Buch streiche. Ich habe ihn hinausgeworfen.«

»Dann werde ich mich einmal mit Udo Marquis beschäftigen«, sagt Vera Falck. »Denn Delbo kommt als Schreiber des Drohbriefes nicht infrage.«

Wie ist Vera Falck zu dem Schluss gelangt?

Lösung 19. Rätsel-Krimi

Da der Brief auf die Rückseite eines der gestohlenen Manuskriptblätter geschrieben ist, muss der Briefschreiber mit dem Einbrecher identisch sein, der am Dienstag bei Elaine eingedrungen ist. Aber am Dienstag ist Delbo Juror bei der Live-Show im Fernsehen gewesen.

TÖDLICHER HASS

Die Vernehmung, wegen der Kommissarin Vera Falck und ihr Kollege Koschinsky gerade in Bochum-Wattenscheid gewesen sind, ist perfekt verlaufen. Jetzt sind die beiden auf dem Rückweg nach Bochum, wo die SOKO Ruhr derzeit ihr Quartier im Präsidium an der Uhlandstraße aufgeschlagen hat.

»Sagen Sie niemals zu einem Wattenscheider, dass er eigentlich in Bochum lebt!«, meint Vera Falck, als sie auf dem Zeppelindamm in Höhe von Eppendorf die unsichtbare Grenze zwischen den beiden Gemeinden überqueren. Sie gehören seit 1975 zu einer Verwaltungseinheit, was aber den Wattenscheidern nichts von ihrem Lokalpatriotismus genommen hat. Im Gegenteil.

Plötzlich kommt ein Alarmruf der Funkzentrale herein. »Code 15«, dringt es aus dem Lautsprecher. »Einsatzort In der Hönnebecke.«

Code 15 ist eine Meldung, die alle Polizisten sofort aufmerksam werden lässt. Sie bedeutet: Polizeibeamter getötet. Vera Falck hat schon das Funkmikro in der Hand: »Wir übernehmen!«

Als Vera Falck und ihr Kollege kurz darauf in der Hönnebecke eintreffen, braucht die Kommissarin gar nicht auf den Bericht der Kollegen von der Streife vor Ort zu warten, um sich ein Bild davon zu machen, was geschehen ist. Hier in Wattenscheid-Höntrop liegen gleich neben der S-Bahn-Station eine Apotheke und ein paar Läden. Nach rechts geht es weiter Richtung Eppendorf, nach links wieder nach Wattenscheid zurück. Die Straße In der Hönnebecke begleitet die Bahnstrecke ab dem Bahnhof, aber der Tote liegt gleich an der Einmündung zur Höntroper Straße. Während die Streifenbeamten die Straße sperren und den Busverkehr durchschleusen, tritt Vera zu der leblosen Gestalt auf der Fahrbahn. Der Tote ist ein uniformierter Kollege vom Streifendienst, und er liegt noch mitten im Bereich der Einmündung In der Hönnebecke, ist aber wohl vom Todesfahrer ein Stück in Richtung Höntroper Straße mitgeschleift worden. Deutliche Reifenspuren auf dem Asphalt zeigen, dass der Beamte offenbar mit Absicht angefahren worden ist, denn Vera sieht nur die Beschleunigungsspuren und keinen Hinweis darauf, dass der Fahrer zu bremsen versucht hat.

»Sein Name ist Bernd Stellmacher«, sagt Vera Falck mit belegter Stimme zu Koschinsky, der wortlos neben sie getreten ist. Sie muss schlucken. »Vor fünf Jahren, als ich bei meiner Ausbildung im Revierdienst eingesetzt war, bin ich mit ihm Streife gegangen.«

»Stellmacher war auf Fußstreife«, berichtet Koschinsky, der inzwischen mit den Beamten von Stellmachers Revier gesprochen hat. »Offenbar wollte er hier etwas überprüfen, als er überfahren wurde.«

»Zeugen?«, fragt Vera.

»Die Kollegen, die als Erste vor Ort waren, haben mit den Leuten in der Kfz-Werkstatt in Höhe der Emdenstraße gesprochen. Die haben etwas von einem Kleintransporter erzählt, der zur Tatzeit gegen 16 Uhr durch die Straße raste.« Koschinsky wirft einen Blick auf seine Notizen. »Sie erinnern sich nicht an das Kennzeichen, sondern nur daran, dass der Wagen die Aufschrift einer Teppichverlegungsfirma trug: ›Fuss-Boden‹. Ich habe eine Fahndung nach dem Wagen herausgegeben und mich nach der Firma erkundigt. Sie gehört einem gewissen Karl Fuss.«

»Fuss?« Veras Gesicht versteinert sich. »Stellmacher hat Karl Fuss vor fünf Jahren wegen eines Überfalls verhaftet.

Fuss bekam zweieinhalb Jahre und hat noch im Gerichtssaal wüste Drohungen gegen Stellmacher ausgestoßen.«

Koschinskys Funkgerät meldet sich. »Man hat den Transporter gefunden!«, sagt er. »Nur zwei Straßen weiter.«

Der Transporter parkt in der Straße Op de Veih, die von der Höntroper Straße abgeht, halb den Berg nach Eppendorf hinauf. Die Türen stehen offen, der Zündschlüssel steckt. Auf dem Beifahrersitz entdeckt Vera Falck ein Auftragsbuch. Auf der Ladefläche liegen frisch geschnittene Teppichreste, an denen noch feuchter Klebstoff haftet. Daneben steht ein Werkzeugkasten mit Teppichmessern, Klebstoff und Anschlagschienen.

Koschinsky untersucht gerade die Beule am Kühler des Wagens, als ein Streifenwagen heranrollt und zwei Beamte mit einem schlaksigen Mann aussteigen. »Das ist Karl Fuss«, meldet der Streifenführer. »Er hat gerade bei uns auf der Wache angerufen, um seinen Transporter als gestohlen zu melden.«

Vera sieht Fuss an. »Wann wurde Ihr Wagen gestohlen?«

»Zwischen 13 und 14 Uhr«, sagt Fuss. »Ich war in einem Neubau an der Westenfelder Straße und habe Teppiche verlegt. Als ich wieder herauskam, war der Wagen weg.« Er zuckt mit den Schultern. »Zuerst dachte ich, jemand hätte sich einen Scherz erlaubt – ich hatte dummerweise den Zündschlüssel stecken lassen. Aber dann ...«

Koschinsky hat sich unterdessen den Wagen genau angesehen. Er holt seine Kamera heraus und macht sicherheitshalber Fotos. »Höchstwahrscheinlich wurde der Kollege Stellmacher mit diesem Wagen überfahren!«, stellt er nur mühsam beherrscht fest. »Da ist eine Beule am Kühler, dazu frische Blutspuren und auch Reste von Gewebe.«

»Stellmacher?« Fuss wird blass. »Der Bulle? Ich meine … Polizist?«

Vera Falck sieht Fuss lange an. »Er ist tot!«, sagt sie.

»Damit habe ich nichts zu tun.«

»Doch«, sagt Vera Falck. »Ihr Wagen wurde nicht gestohlen. Sie haben eben den angeblichen Diebstahl gemeldet, um sich außer Verdacht zu bringen. Aber Sie haben einen Fehler gemacht.«

Was ist Vera Falck aufgefallen?

Lösung 20. Rätsel-Krimi

In dem Wagen von Karl Fuss liegen sein komplettes Werkzeug und Teppichreste seines letzten Auftrages. Wäre der Wagen gestohlen worden, während er den Auftrag erledigte, hätte sein Werkzeug nicht darin sein dürfen.

DER DIEB

Professor Langendorffs Büro an der Ruhr-Universität ist ein kleiner Raum in der vierten Etage des Institutes für Englische Literatur. Aus dem Fenster, das wahrscheinlich seit Gründung der Uni in den 60ern nicht mehr geputzt worden ist, blickt man auf die Betonburg des Uni-Centers auf der anderen Seite der Universitätsstraße. In den Regalen an den Wänden stapeln sich staubige Akten, es gibt nicht einmal die Ahnung eines freien Platzes, auf den man sich setzen könnte.

Der Schreibtisch des Professors ist aufgrund der vielen Regale kaum auszumachen, auf ihm steht ein alter Computer mit Röhrenmonitor.

»Also, Professor?« Vera Falck räumt eine halbe Gesamtausgabe Jane Austen von einem Stuhl und setzt sich. Sie hat keine Ahnung, was der Anglist und Shakespeare-Forscher von Weltrang von ihr möchte. Der Auftrag, sich mit ihm in Verbindung zu setzen, ist vom Bochumer Polizeichef persönlich gekommen. Vera Falck nimmt an, dass er mit dem Professor Golf spielt. Sie kann sich nur schwer vorstellen, dass der Polizeichef sich für Shakespeare interessiert.

»Nun«, sagt der Professor und räuspert sich. »Die Sache ist mir zu peinlich, um eine offizielle Anzeige zu erstatten und damit eine Untersuchung einzuleiten. Deshalb habe ich Ihren Chef gebeten … Sie haben ja im letzten Semester hier einen Vortrag über Kriminalitätsbekämpfung gehalten, der mir sehr imponiert hat.«

Vera Falck beschließt, zur Sache zur kommen. »Man sagte mir, dass Ihnen wichtige Unterlagen gestohlen worden sind?«

»Ja, die Prüfungsfragen für die Grammatikklausur nächste Woche«, sagt der Professor. »Ich hatte die Klausurfragen vorgestern hier auf meinem Computer geschrieben und abgespeichert. Als ich die Fragen gestern ausdrucken wollte, habe ich am Protokoll des Druckers und den Informationen auf dem Computer gesehen, dass jemand bereits vorgestern um 16 Uhr die Fragen einmal ausgedruckt hat. Zu dieser Zeit hatte ich eine Vorlesung, und mein Büro war verschlossen. Den Schlüssel habe ich immer in meiner Jackentasche. Nun war es allerdings am Mittwoch so warm, dass ich meine Jacke auf dem Weg zum Hörsaal ausgezogen habe. Meine beiden Assistenten Joe Greenaway und Dave Holm haben mir meine Sachen getragen – die Jacke, meine Vortragsfolien und die Skripte, die ich verteilen wollte. Einer der beiden muss den Büroschlüssel aus der Jacke geholt haben, um sich ins Büro zu schleichen und die Fragen auszudrucken. Sowohl Joe als auch Dave waren nicht während der ganzen Vorlesung im Hörsaal. Natürlich werde ich mir neue Fragen für die Klausur ausdenken, um dem Dieb das Geschäft zu verderben. Aber ich will auch wissen, wem von meinen beiden Assistenten ich nicht trauen kann.«

»Wenn einer Ihrer Assistenten die Fragen gestohlen hat, wird er sie gegen gutes Geld an die Studenten verkaufen wollen«, vermutet Vera Falck.

»Genau den Verdacht habe ich auch«, sagt Langendorff. »Besonders, nachdem ich diesen Aushang am Schwarzen Brett des Institutes gefunden habe.«

Er reicht der Kommissarin einen Zettel. ›Prüfungsvorbereitung für die Grammatikklausur!‹, heißt es da. »Hundertprozentige Garantie, dass ihr die Klausur besteht!« Darunter ist eine Handynummer angegeben.

»Wahrscheinlich ein anonymes Mobiltelefon«, vermutet Vera Falck, während sie die Nummer wählt.

»Oh, hi, ich interessier mich für die Klausurvorbereitung!«, sagt sie und hofft, dass sie jugendlich genug klingt, um noch für eine Studentin gehalten zu werden.

»Das kostet 100 Euro. Dafür gibt es die Klausurfragen«, erwidert eine verstellte Männerstimme. »Leg den Geldschein heute um 15 Uhr in das Buch ›Grundzüge der Grammatik‹ von Bosetzky und Heinrich in der Institutsbibliothek. Ruf zehn Minuten später wieder an, dann sage ich dir, wo die Fragen liegen.«

Kurz vor 15 Uhr sitzt Vera Falck in der Bibliothek des Institutes und behält das Exemplar der ›Grundzüge der Grammatik‹ im Auge, in das sie eben einen zuklebten Umschlag mit einem 100-Euro-Schein gelegt hat.

Kurz nach 15 Uhr fällt der Kommissarin ein Mann in Cordjacke und verwaschenen Jeans auf, der vor dem Regal mit den Lehrbüchern steht und hin und wieder eines herausnimmt, um darin zu blättern und um es dann wieder zurückzustellen. Vera Falck erinnert sich daran, wie Professor Langendorff seine beiden Mitarbeiter beschrieben hat. Demnach muss es sich hier um Joe Greenaway handeln, den Assistenten, den der Professor erst vor Kurzem eingestellt hat.

Jetzt hat Greenaway die ›Grundzüge der Grammatik‹ in der Hand, in denen Vera Falck den Umschlag deponiert hat. Beim Durchblättern fällt der Umschlag heraus. Greenaway hebt ihn auf, dann stellt er das Buch ins Regal zurück und steckt den Umschlag ein.

Als er sich auf den Weg zum Ausgang macht, fängt Vera Falck ihn ab. »Polizei!« Sie zeigt ihm ihren Dienstausweis. »Sie haben da eben einen Umschlag in einem Buch gefunden?«

Greenaway sieht die Kommissarin überheblich an. »Ja – und? Ich will ihn gerade bei der Bibliotheksaufsicht abgeben. Schließlich geht es um Geld – 100 Euro sind nicht wenig, und wer den Umschlag da im Buch vergessen hat, wird sich bestimmt bald melden.«

»Sie lügen«, sagt Vera Falck. »Sie stecken hinter dem Diebstahl und dem Verkauf der Prüfungsfragen.«

Was ist ihr aufgefallen?

Lösung 21. Rätsel-Krimi

Greenaway spricht an, dass es um 100 Euro in dem Umschlag geht – dabei hat er den von Vera Falck verschlossenen Umschlag gar nicht aufgemacht. Woher kennt er also den Inhalt?

DER BRUDER

Der Regionalexpress von Dortmund nach Düsseldorf ist wieder einmal so voll, dass Kommissarin Vera Falck stehen muss. Eigentlich ist der RE1 immer so voll, dass man stehen muss. Jedenfalls kann Vera Falck die wenigen Male, die sie einen Sitzplatz bekommen hat, an den Fingern einer Hand abzählen. Der dünne Kerl mit der College-Jacke kommt ihr seltsam bekannt vor. Zwischen Dortmund und Bochum überlegt sie, und zwischen Bochum und Wattenscheid erinnert sie sich. Sie stellt sich zu dem Burschen und lässt ihren Dienstausweis aufblitzen. »Sind Sie nicht Oliver Reese?«

»Bin ich.« Der Bursche bleibt cool. »Was wollen Sie?«

»Sie haben wegen wiederholten Taschendiebstahls gesessen«, fasst Vera Falck zusammen, an was sie sich aus den Ermittlungsakten der SOKO ›Tasche‹ erinnern kann, bei der sie vor zwei Jahren war. Damals haben sie Taschendiebe in den Zügen und auf den Bahnhöfen des VRR gejagt. »Dann nehme ich bei Ihnen jetzt mal eine allgemeine Verdachtskontrolle vor«, sagt Vera Falck. »Was haben Sie jetzt in Ihren Taschen?«

Widerwillig zeigte Reese der Kommissarin Schlüssel, Brieftasche, ein rotes Damenportemonnaie und die Bescheinigung seines Bewährungshelfers. Darin steht, dass Oliver Reese, geboren am 18. Juni 1985, in der Schillerstraße 34 in Mülheim wohnt und auf Arbeitssuche ist.

Vera Falck öffnet die rote Geldbörse und findet darin den Ausweis einer Angelika Albrod.

»Das Portemonnaie gehört meiner Schwester«, erklärt Oliver. »Angelika hat es gestern vergessen. Ich wollte es ihr gerade bringen.«

Vera Falck bleibt skeptisch. »Sind Sie der große Bruder?«

»Nein, sie ist meine ältere Schwester. Unsere Mutter starb bei meiner Geburt.« Oliver strahlt. »Reicht das?«

Die Kommissarin ist immer noch nicht überzeugt und ruft zur Sicherheit bei der Kriminalbereitschaft in Essen an. »Kollegen, könnt ihr bitte überprüfen, ob eine gewisse Angelika Albrod, geboren am 5. April 1985, einen Diebstahl gemeldet hat?«

Oliver schäumt vor Wut. »Das ist doch absolut lächerlich!«

»Ganz und gar nicht«, entgegnet Vera Falck. »Sie haben das Portemonnaie gestohlen.«

Was ist ihr aufgefallen?

Lösung Vera-Falck-Quickie

Angelika Albrod soll angeblich Olivers Schwester sein, ihre gemeinsame Mutter soll bei der Geburt gestorben sein. Doch Angelika ist im April 1985 geboren und Oliver im Juni 1985 – eine biologische Unmöglichkeit, denn eine Schwangerschaft dauert neun Monate.

UNTER VERDACHT

Auch ohne die abschätzigen Blicke, mit denen ihr die Kollegen im Polizeirevier von Hattingen begegnen, kann Kommissarin Vera Falck nicht sagen, dass sie sich gern mit diesem Fall beschäftigt. Die Wache liegt an der Straße Im Welperfeld in Welper, einem beschaulichen Vorort im ohnehin schon beschaulichen Hattingen. Bevor sie hier herausgefahren ist, hat sich Vera Falck noch kurz in der gemütlichen Altstadt umgeschaut und sich in einem Eiscafé am Alten Rathaus einen großen Amarena-Becher gegönnt. Sozusagen als vorweggenommene Belohnung für diesen Fall, der wirklich haarig zu werden verspricht.

Der Kollege vom Dienst, der in dem kleinen Polizeirevier hinterm Tresen an seinem Computer sitzt und wahrscheinlich heimlich Patiencen legt, ist ein Hauptwachtmeister. Seine Uniform ist perfekt gebügelt, und er wirkt so adrett wie aus dem Polizeimodenkatalog, aus dem sich die Streifendienstler ihre Ausstattung zusammenstellen dürfen.

»Sie werden diese Sache doch nicht ernst nehmen!«, knurrt er, nachdem er einen sehr genauen Blick auf Vera Falcks Dienstausweis geworfen hat. Die Kommissarin weiß, dass er Klaus-Uwe Husemann heißt und seit 20 Jahren im Polizeidienst ist. Sie hat seine Personalakte genau studiert – aber außer einigen Einträgen wegen kleiner Dienstvergehen hat sie bei Husemann nichts gefunden.

Sein junger Kollege, der den Schreibtisch am Fenster hat, schaut jetzt auch von seinem Computer auf. »Die Rita bildet sich da etwas ein«, sagt er bloß trocken.

Kommissarin Vera Falck hat auch die Personalakte dieses jungen Kollegen genau unter die Lupe genommen. Polizeiobermeister Leo Koenig ist erst seit drei Monaten auf der

Wache in Welper. Seine Versetzung hierher ist eine Degradierung gewesen: Zuvor ist er beim SEK in Dortmund gewesen – und dort durch seine brutale Vorgehensweise während der Einsätze in der Nordstadt unangenehm aufgefallen. Der dritte Polizist der C-Schicht in der Wache ist Werner Cahn, ein dürrer, rothaariger Bursche, in dessen Personalakte Vera Falck keinen einzigen Eintrag gefunden hat – weder positiv noch negativ. Allerdings heißt es, dass Cahn einen verdächtig engen Kontakt zur Essener Rotlichtszene haben soll. Es ist sogar hinter vorgehaltener Hand die Rede davon, dass er dort stiller Teilhaber eines Stripschuppens an der Rittergasse ist. Cahn sagt nichts, aber der Blick, mit dem er Kommissarin Vera Falck verfolgt, verrät äußerstes Misstrauen.

Polizeiobermeisterin Rita Vollbrecht sitzt im Pausenraum der Wache. Sie wirkt angespannt. »Seit ich vor sechs Monaten aus Bottrop hierher versetzt wurde, werde ich nun schon mit diesen Briefen belästig!«, sagt sie und schiebt Vera Falck einen Packen Zettel hin. »Sie liegen seit meinem ersten Tag in meinem Spind. Jemand muss sie durch den Schlitz oben in der Spindtür hineinschieben. Weil zum Umkleideraum nur die Kollegen Zutritt haben, muss es jemand aus meiner Schicht sein!«

Vera Falck überfliegt die Zettel noch einmal – sie hat die Kopien in dem Bericht genau studiert, mit dem Rita Vollbrecht sich an die SOKO gewendet und um Hilfe gebeten hat. Es sind Briefe mit anzüglichen Bemerkungen über Ritas Aussehen, ihre Oberweite, ihre Kleidung und ihr Auftreten, sauber mit einem Computerdrucker erstellt.

»Wirklich jeden Tag habe ich bisher so einen Zettel in meinem Spind gefunden!«, sagt Rita. »Ich habe Husemann deswegen angesprochen, er ist Schichtleiter. Er hat die Sache erst einmal als Scherz abgetan und gemeint, dass ich mich nicht so anstellen soll. Irgendwann würde das schon aufhören. Ich musste ihn richtiggehend drängen, meine Beschwerde weiterzuleiten – das war vorige Woche. Husemann ist vorher drei Wochen zur Kur gewesen und hat sich damit herausgeredet, dass er vergessen hatte, sich weiter um die Sache zu kümmern.« Sie sieht Kommissarin Vera Falck ratlos an. »Ich meine, das ist doch wirklich keine Art, mit dem Problem umzugehen, oder?«

»Haben Sie einen bestimmten Verdacht?«, fragt Vera Falck.

Die junge Polizistin hebt hilflos die Schultern. »Werner Cahn könnte dahinterstecken. Er ist so seltsam diensteifrig – seit ich hier bin, hat er nicht einen einzigen Tag gefehlt. Außerdem setzt er alles daran, immer mit mir zum Streifendienst eingeteilt zu werden.« Rita holt tief Luft. »Ja, ich vermute, dass er dahintersteckt – aber ich kann es nicht beweisen. Wenn wir gemeinsam Streife fahren, verhält er sich absolut korrekt und einwandfrei. Ganz im Gegensatz zum Kollegen Koenig, der sein ganzes Repertoire an nicht jugendfreien Witzen an mir testet.«

»Aber nach allem, was ich bis jetzt erfahren habe, gibt es einen klaren Beweis, dass es nur Werner Cahn sein kann, der Sie mit diesen Briefen belästigt«, sagt Vera Falck.

Was ist ihr aufgefallen?

Lösung 22. Rätsel-Krimi

Rita erhält seit sechs Monaten täglich Briefe – und nur Werner Cahn ist die ganze Zeit im Dienst gewesen. Husemann ist zur Kur gewesen und Leo Koenig erst vor drei Monaten auf die Wache versetzt worden.

ÜBERFALL AUF DEM PARKDECK

Der Tatort im Parkhaus an der Ruhrstraße in Witten ist abgesperrt, und die Spurensicherung arbeitet schon, als Kommissarin Vera Falck eintrifft. Es ist kurz vor 16 Uhr. Alle Türen des großen alten Mercedes 230 SL auf dem Stellplatz Nummer 37 auf dem obersten Parkdeck sind geöffnet. Rettungssanitäter kümmern sich um die beiden Opfer.

»Ernst Hessling und seine Frau Emma«, sagt Vera Falcks Kollege Koschinsky. »Hessling war früher mal Juwelier und hat seit einem Jahr in der Husemannstraße einen Goldankauf betrieben – Sie kennen diese Läden, wo man für Omas Schmuck und Opas Goldmünzen ein paar Euro bekommt. Hessling wollte heute mit seiner Frau das im letzten Monat angekaufte Gold zum Einschmelzen zu einer Scheideanstalt in Dortmund bringen – es waren seiner Angabe nach Schmuck und Zahngold mit einem Gewicht von knapp anderthalb Kilo. Die Goldware befand sich in seinem speziell gesicherten Aktenkoffer, den Hessling dazu noch mit einer Handschelle an seinem linken Handgelenk befestigt hatte, als er aufs Parkdeck kam, wo seine Frau im Wagen auf ihn wartete. Sie war, wie bei ihren Goldtransporten üblich, vorausgegangen, um den Wagen zu checken und nachzusehen, ob irgendwo eine Gefahr lauerte.«

Emma Hessling kommt, gestützt von einem Sanitäter, auf die Kommissarin zu. »Hier war alles friedlich, als ich aufs Parkdeck kam«, sagt sie. »Ich habe unseren Wagen kontrolliert und hatte mich gerade hineingesetzt – als mich plötzlich ein Kerl in Lederjacke und mit einer Skimaske durchs offene Fenster mit einer Waffe bedrohte. Er zischte, dass ich mich nicht wehren solle, und fesselte mich zuerst an den Hand- und dann an den Fußgelenken mit Klebeband, das er von einer Rolle abriss.«

Auch Ernst Hessling hatte sich inzwischen zu ihnen gesellt. Der Schock steht ihm noch ins Gesicht geschrieben. »Als ich mit der Goldware im Koffer aufs Parkdeck kam, entdeckte ich zu spät, dass Emma gefesselt war und der Kerl sie mit seiner Waffe bedrohte. Der Kerl verlangte, dass ich ihm meinen Aktenkoffer mit dem Gold gebe, sonst würde er meine Frau töten! Was blieb mir anderes übrig – ich löste die Handschelle des Koffers und gab ihn dem Kerl. Daraufhin schlug er mich bewusstlos. Als ich aufwachte …«

»… war der Kerl schon über alle Berge«, sagt Koschinsky. »Und wir haben keine Spur von ihm.«

»Vielleicht doch!«, sagt einer der Spurensicherer. »Hier ist ein Teil eines Fingerabdrucks auf dem Klebeband, mit dem Frau Hessling an den Fußgelenken gefesselt war. Wenn wir Glück haben, reicht es für eine Identifizierung aus.«

Der Abdruck reicht in der Tat aus, um Herbert Schleicher zu identifizieren, einen jungen Mann, der bis vor zwei Wochen als Aushilfe in Hesslings Goldankauf gearbeitet hat. Seine Abdrücke sind gespeichert, weil er einmal wegen schwerer Körperverletzung in Dortmund vor Gericht gestanden hat. Drei Jahre in Werl sind dabei für ihn herausgekommen – was er Hessling bei seiner Bewerbung verschwiegen hat. Als der Goldhändler dahinterkam, dass er einen Ex-Knacki beschäftigte, hat er Schleicher sofort entlassen. Das ist zwar nicht besonders menschenfreundlich gewesen, findet Vera Falck, aber durchaus verständlich. Als die Kommissarin und Koschinsky Herbert Schleicher am Abend in seiner Wohnung im Norden von Witten aufsuchen, bastelt der gerade am Küchentisch das Modell der ›SMS Bismarck‹ aus einem Bausatz zusammen.

»Sie wissen, warum wir hier sind?«, fragt Vera Falck.

»Na ja«, meint Schleicher. »Ich habe von dem Überfall auf Hessling gehört.«

»Und?«, fragt Vera Falck.

»Und ich glaube, dass es dabei nicht mit rechten Dingen zugegangen ist.«

»Wieso?«, fragt Koschinsky.

»Na, sehen Sie – Hessling ist hoch verschuldet, und das Gold aus dem Ankauf war natürlich versichert. Bei Lagerung und Transport und so weiter. Er hat Unsummen für die Prämien ausgegeben. Deswegen glaube ich, er und seine Frau haben den Überfall nur vorgetäuscht, um die Versicherung zu betrügen.«

»Und wieso haben wir dann auf dem Klebeband, mit dem Frau Hessling gefesselt wurde, einen Fingerabdruck von Ihnen gefunden?«, will Vera Falck wissen.

Schleicher holt eine Rolle Klebeband aus einer Schublade des Küchenschrankes. »War es Klebeband wie dieses?«

»Ja«, sagt die Kommissarin.

»Wenn Hessling Goldmünzen ankauft, dann verkauft er die direkt weiter an Münzhändler«, sagt Schleicher. »Dazu verschickt er sie und benutzt dieses Klebeband, um die Päckchen zu verpacken. Als er mich gefeuert hat, habe ich mir erlaubt, ein paar Rollen davon mitgehen zu lassen. Während ich bei ihm gearbeitet habe, habe ich natürlich auch diese Wertpäckchen mit den Goldmünzen verpackt. Deshalb ist es ganz logisch, dass auf dem Klebeband mein Fingerabdruck war. Ich muss die Rolle irgendwann einmal in der Hand gehabt haben.«

»So logisch, wie Sie sich das denken, ist es nicht«, meint Vera Falck. »Es ist vielmehr ganz klar, dass der Überfall auf die Hesslings wirklich stattgefunden hat und auch, dass Sie der Täter gewesen sind.«

Was meint die Kommissarin?

Lösung 23. Rätsel-Krimi

Der Täter hat zuerst Emma Hesslings Hände, dann ihre Füße gefesselt. Schleichers Abdruck war auf dem Klebeband der Fußfessel – das heißt, er hatte schon einige Wicklungen für die Handfessel abgerissen, als sein Abdruck aufs Band kam. Bei einer zufälligen Berührung der Rolle hätte sein Abdruck aber höchstens auf der obersten Wicklung – also auf Emma Hesslings Handfessel – sein dürfen.

VERRAT IM RATHAUS

Diskretion! Kommissarin Vera Falck hat das Wort in den letzten zehn Minuten mindestens 20 Mal aus dem Mund des Fraktionsgeschäftsführers der Mehrheitspartei gehört. Diskret ist auf alle Fälle der Termin hier in seinem Büro im Dortmunder Rathaus am Friedensplatz zustande gekommen – mit einem diskreten Anruf beim Polizeipräsidenten an der Markgrafenstraße und der Bitte um ein ›informelles Gespräch‹ mit einem ›zuverlässigen Beamten‹, der diese ›komplizierte Lage‹ verstehen und ›zieloptimierte Reaktions- und Handlungsalternativen‹ entwickeln könne.

Und natürlich hat der Stadtpolitiker das Gespräch begonnen mit: »Wir möchten Sie alle in dieser Angelegenheit wirklich um äußerste Diskretion bitten, Frau Kommissarin!«

»Aber natürlich!«, versichert Vera Falck lächelnd. Grund für all die Diskretion ist die Akte mit 25 Fotokopien, die ihr der Fraktionsgeschäftsführer jetzt hinschiebt.

»Das ist die komplette lokalpolitische Strategie unserer Fraktion für die nächsten drei Jahre«, sagt er, als würde er ihr anvertrauen, wo er das Bernsteinzimmer versteckt hat.

»Ah ja!«, sagt die Kommissarin, die bis jetzt gedacht hat, es ginge um wirklich wichtige lokalpolitische Geheimnisse. »Und was ist damit geschehen?«

»Ähem …« Der Fraktionsgeschäftsführer räuspert sich wieder. »Gestern, also am Montag, haben wir im engsten Parteikreis noch die letzten Details dieses Strategiepapiers abgestimmt«, berichtet er. »Die Sitzung fand hier in meinem Büro statt, die Herren der Fraktionsführung waren von zehn bis zwölf Uhr da.« Er tippt auf ein paar mitkopierte handschriftliche Anmerkungen auf den Unterlagen. »Das sind Details, die ich mir bei der Besprechung auf der Vorlage notiert habe.

Die Vorlage habe ich dummerweise in meinem Büro auf dem Schreibtisch liegen gelassen, als ich in die Mittagspause hinunter in die Rathauskantine ging. Danach musste ich zu einer Sitzung des Kulturausschusses und kam erst um 16.30 Uhr wieder hierher. Nichts schien verändert. Doch dann wurde heute Morgen diese Fotokopie der kompletten Strategievorlage anonym der Lokalredaktion der Westfälischen Rundschau am Brüderweg zugespielt. Sie können sich denken, dass ich aus allen Wolken gefallen bin, als mich der Lokalchef angerufen und um eine Stellungnahme gebeten hat.«

Kommissarin Vera Falck sieht die Blätter durch. »Da sind Schmierspuren des Kopierers auf den Blättern«, stellt sie fest.

»Eben!«, meint der Fraktionschef. »Einer der beiden Fotokopierer hier im Fraktionsbüro hinterlässt solche Schmierspuren. Sie verstehen, was das bedeutet?«

Natürlich versteht die Kommissarin das. »Und ich soll jetzt herausfinden, wer von Ihren Mitarbeitern gestern dieses Papier heimlich kopiert und der Zeitung zugespielt hat?«

»Genau!«, sagt der Fraktionsgeschäftsführer, erleichtert darüber, dass er die Sache jetzt an jemanden delegieren kann, der am Ende den Kopf wird hinhalten müssen, wenn etwas nicht klappt. »Aber natürlich diskret!«, setzt er noch hinzu.

»Natürlich!«, sagt die Kommissarin. »Diskretion ist mein zweiter Vorname.«

Vera Falcks diskrete Ermittlungen ergeben, dass nur zwei Personen die Akte kopiert haben können: Da ist zuerst Susanne Kleinschmitt, die Sekretärin der Fraktion, und dann Reinhold Meier, ein Politologiestudent von der Universität, der in der Fraktion ein Praktikum absolviert. Der Zähler des Kopierers in der Geschäftsstelle, auf dem die Akte vervielfältigt worden ist, zeigt an, dass gestern mit der Kopierkarte von Reinhold Meier um 14.30 Uhr sieben und um 16.23 Uhr 28 Kopien gemacht worden sind. Die Kopierkarte von Susanne Kleinschmitt ist um 10.45 Uhr für 50 Fotokopien benutzt worden und um 14.33 Uhr für weitere 18 Kopien.

»Damit«, meint die Kommissarin zwei Stunden später zum Fraktionsgeschäftsführer, »wäre wohl klar, wer die Akte kopiert hat.«

»Ja?« Der Mann runzelt die Stirn. »Aber wieso denn?«

»Aus Gründen der Logik!«, sagt Vera Falck. »Ich sage Ihnen jetzt den Namen des Täters – damit Sie ein diskretes Mitarbeitergespräch mit ihm führen können.«

Wer hat die Unterlagen kopiert?

Lösung 24. Rätsel-Krimi

Die Akte ist von Reinhold Meier kopiert worden. Der Täter hat die Akte erst nach Abschluss der Sitzung entwenden können, also erst nach 12 Uhr. Nach zwölf hat Susanne Kleinschmitt nur 18 Blätter kopiert. Dabei kann es sich nicht um das Strategiepapier handeln, das ja 25 Seiten umfasst. Aber Meier hat um 16.23 Uhr 28 Blatt kopiert – er muss der Täter gewesen sein.

BLINDER ZEUGE

Ein maskierter und bewaffneter Gangster hat den Juwelierladen auf dem Westenhellweg in Dormtund überfallen – so viel ist klar, als Kommissarin Vera Falck von der SOKO Ruhr eintrifft. Schutzpolizisten befragen die Augenzeugen, Rettungssanitäter kümmern sich um einen Mann.

»Er ist blind«, sagt einer der Sanitäter. »Er bettelt hier auf dem Westenhellweg in der Gegend um die Reinoldikirche, sagen die Ladeninhaber. Der Gangster hat ihn bei der Flucht über den Haufen gerannt und niedergeschlagen.«

Gerade als Vera sich über den Mann beugt, kommt er wieder zu sich. Seine Lider flattern, Vera blickt in starre Pupillen.

»Falck, SOKO Ruhr!«, stellt sie sich vor. »Sie sind von dem Gangster überrannt worden?«

Der Blinde streckt seine Hand aus. »Alfons Dette«, sagt er. Er tastet herum. »Meine Brille!«

»Hier.« Der Sanitäter reicht ihm eine dunkle Sonnenbrille.

Dette setzt sie auf. »Ick erinner mir nur, dass mich eener vorm Juwelierladen anjerempelt und mir dann ein Ding verpasst hat«, sagt er. »Ick jehe diese Strecke jeden Tag und weeß jenau, welche Jeschäfte wo sind.«

»Alfons Dette«, murmelt Vera Falck nachdenklich. »Kenne ich Sie nicht? Haben Sie sich nicht immer wieder mit angeblichen Krankheiten ins Bergmannsheil oder das Uni-Klinikum einweisen lassen, um dort wochenlang auf Kosten der Krankenkassen zu leben?«

»Det is ja wohl Unsinn!« Dette senkt den Kopf. »Ick hab nen Jehirntumor! Seit eem Jahr bin ich vollkommen blind.

Deswegen kann ick jetzt auch nur sagen, dass der Jangster, der mir det Ding verpasst hat, wohl so meine Jröße hat. Und Turnschuhe hatter jetragen, die haben so bestimmte Jeräusche jemacht, als er zu dem blauen Wagen lief. Und die Karre – also ich hab noch den Motor aufheulen hören. Da saß wohl ein Komplize am Steuer – und dann sind bei mir die Lichter ausjefallen und ich hab nix mehr mitjekriegt. Bis vorhin.«

Einer der Beamten, die die erste Tatortaufnahme gemacht haben, kommt zu Vera Falck. »Wir haben jetzt die Bänder der Videoüberwachung aus dem Juweliergeschäft ausgewertet. Die Türkamera hat erfasst, wie der Gangster den Blinden hier überrannt hat und dann in einen blauen Ford gesprungen ist. In dem muss ein Komplize gewartet haben. Die Fahndung nach dem Wagen läuft.« Er sieht zu Dette. »So ein Video ist besser als die Aussage von einem Blinden, oder?«

»Unbedingt«, meint Vera. »Allerdings kann Alfons Dette hier genauso gut sehen wie Sie und ich.«

Was ist Vera aufgefallen?

Lösung Vera-Falck-Quickie

Dette erwähnt, dass der Fluchtwagen blau gewesen war. Als Blinder hätte er die Farbe nicht erkennen können.

TOD IN DORSTFELD

Es ist Freitagnachmittag und Kommissarin Vera Falcks zweite Woche bei den Kollegen von der Dortmunder Kripo geht zu Ende. Sie sitzt im Büro ihrer Kollegen vom KK 11 im Präsidium an der Markgrafenstraße und freut sich auf einige entspannte Stunden in der neuen Wellness-Oase im Rombergpark, die sie vor zwei Tagen durch Zufall entdeckt hat. Doch bis jetzt scheint der Feierabend in unerreichbarer Ferne, denn ihr gegenüber sitzt Staatsanwalt Keller und blättert jetzt schon seit einer halben Stunde in der Ermittlungsakte des Falles Britta Holtkemper vor und zurück, den Vera Falck heute noch abschließen will, wenn der Staatsanwalt sich dazu durchringen kann, einen Haftbefehl zu beantragen.

Die Kommissarin fragt sich, was den jungen Anklagevertreter denn nun eigentlich an dem Fall so irritiert. Er muss doch nur ihren Antrag auf einen Haftbefehl unterschreiben. Nun gut, Keller ist erst seit einem Monat auf seinem Posten und entsprechend unsicher.

Also setzt Vera Falck ihr nettestes Lächeln auf und fragt: »Ist etwas unklar?«

»Also ich weiß nicht …«, meint der Staatsanwalt. »Sind Sie wirklich fest davon überzeugt, dass der Exmann der Toten der Täter ist? Dieser Mirko Holtkemper?«

»Aber natürlich!«, meint Vera. »Wenn Sie sich die Fakten genau ansehen, werden Sie auch zu diesem Schluss kommen.«

»Aber wenn ich jetzt einen Haftbefehl für Mirko Holtkemper beantrage und der Haftrichter dann beim Termin alles zerpflückt …«, meint Keller.

Vera lächelt geduldig, denn sie weiß schließlich genau, wie sehr der Ruf des jungen Staatsanwaltes darunter leiden würde.

Keller druckst ein wenig herum. »Ich hoffe, Sie verstehen, dass ich die Sache ganz genau prüfen muss!«

»Aber natürlich«, sagt Vera Falck und seufzt innerlich. »Gehen wir die Sache doch am besten einmal gemeinsam durch.«

Auf einmal strahlt Keller. »Ja, das ist eine gute Idee!«

Vera Falck hat sich schon die Akte herübergezogen. »Also: Britta Holtkemper wurde am Montag gegen 11 Uhr von ihrer Nachbarin tot in ihrer Wohnung Am Höhweg 23 in Dortmund-Dorstfeld aufgefunden – das ist eine kleine Siedlung mit liebevoll renovierten Zwei- und Vierfamilienhäusern, in der sich die Nachbarn noch ganz gut kennen. Der Rechtsmediziner stellte fest, dass Britta erwürgt worden war – und zwar von einer großen, kräftigen Person. Das deutet also schon einmal auf einen Mann als Täter hin und auch auf eine Beziehungstat. Sind Sie so weit mit meinen Schlussfolgerungen einverstanden?«

»So weit ja«, meint Keller und blättert wieder eifrig in der Akte, bis er den Obduktionsbericht gefunden hat. »Als Tatzeit legt der Rechtsmediziner hier die Zeit von zehn bis halb elf morgens fest.« Er blättert weiter zu Veras Protokollen. »Das deckt sich mit den Aussagen der anderen Hausbewohner, die Sie aufgenommen haben. Die sagen alle aus, dass sie diese Britta Holtkemper noch um 9 Uhr gesehen haben, als sie zum Einkaufen ging.«

Vera muss grinsen. »Brittas Nachbarn sind zwei ältere Damen, eine in der Wohnung unter ihr, eine in der Wohnung nebenan. Beide alleinstehend und deshalb sehr aufmerksam. Aber nicht nur sie haben sich erinnert, dass Britta an diesem Morgen zum Einkaufen gegangen war. Auch die Kassiererin im Supermarkt an der Wittener Straße sagt aus, dass Britta bei ihr um halb zehn bezahlt hat. Kurz vor zehn sahen die Nachbarinnen Britta wieder nach Hause kommen. Der Supermarkt liegt nur knapp fünf Minuten vom Höhweg entfernt.«

»Ja, mit ihren Einkäufen.« Keller kramt weiter in der Akte. »Laut Kassenbon aus Brittas Portemonnaie hat sie einen Kopfsalat, eine Tüte frische Milch, eine Fernsehzeitung und eine Tafel Zartbitterschokolade gekauft.« Keller blättert eine Seite um. »Der Mörder muss Britta bei ihrem zweiten Frühstück angetroffen haben: Auf dem Küchentisch stand eine Schale Müsli, halb mit Milch gefüllt.«

»Genau«, sagt Vera. »Und die Milchpackung, die sie unmittelbar zuvor gekauft hatte, befand sich aufgerissen daneben. Das war die Situation, in der ihr Mörder zu ihr gekommen ist. Es gab keine Einbruchsspuren – sie muss ihn also hereingelassen haben. Kein Wunder, dass mein Verdacht schnell auf Mirko, ihren Exmann, fiel. Die beiden hatten Streit wegen des Unterhalts, und die beiden Nachbarinnen berichteten von einer lauten Auseinandersetzung, die die beiden zwei Tage vor dem Mord gehabt hatten.«

»So weit ist alles klar«, gibt Keller zu. »Die Spurensicherung fand Mirkos Fingerabdrücke in der Wohnung: am Türgriff, in der Küche am Schrank und auf der Milchpackung, im Bad am Spiegel. Als Mirko für den Tatzeitpunkt kein Alibi vorweisen konnte, haben Sie ihn vorläufig festgenommen.«

»Genau«, meint Vera. »Im Verhör hat Mirko Holtkemper bestritten, zum Tatzeitpunkt bei Britta gewesen zu sein. Als ich ihm vorhielt, dass wir seine Fingerabdrücke überall in der Wohnung gefunden haben, behauptete er, dass die von früheren Besuchen bei Britta stammen mussten.«

»Was nachvollziehbar ist«, sagt Keller. »Er war bei seiner Exfrau, als sie sich zwei Tage vor dem Mord stritten. Wir können nicht sagen, wie alt die Abdrücke sind, die gefunden wurden. Mit solch einer dünnen Indizienlage bekomme ich doch nie und nimmer einen Haftbefehl.«

»Doch!« Vera Falck reicht Keller ein Formular. »Ich habe schon mal alles für Sie ausgefüllt. Mit der Indizienlage bekommen Sie garantiert von jedem Untersuchungsrichter einen Haftbefehl! Weil wir eindeutig nachweisen können, dass Mirko sehr wohl am Mordtag in Brittas Wohnung gewesen ist.«

Wie kann man das beweisen?

Lösung 25. Rätsel-Krimi

Mirkos Fingerabdrücke sind auf der Milchpackung gewesen, die Britta erst unmittelbar vor dem Mord im Supermarkt gekauft hat. Also muss er danach bei ihr gewesen sein.

SEIN LETZTER TERMIN

Kommissarin Vera Falck mustert den Toten neben der Ledercouch. Marcus Klostermann ist einer der besten Psychoanalytiker Dortmunds gewesen. Jetzt ist er tot – ermordet. In seiner Brust steckt ein schmales Messer. Es ist kurz nach 22 Uhr. Der Nachtwächter des Terrassenhauses an der Kleppingstraße hat den Toten vor einer halben Stunde auf seiner Runde entdeckt. Sie sind hier ganz in der Nähe des Friedensplatzes, den BVB-Fans auch gern mal zur Feier einer Meisterschaft schwarz-gelb anstreichen. Der Rechtsmediziner hat seine ersten Untersuchungen abgeschlossen. »Tatzeit: ziemlich genau 18.15 Uhr«, sagt er und streift seine Latexhandschuhe ab. »Alles Weitere … Sie wissen schon.«

»Nach der Obduktion, alles klar!« Kommissarin Vera Falck hat sich bis jetzt einen ersten Überblick über Doktor Klostermanns Praxis verschafft. Die Einrichtung ist funktional und in dezenten Farben gehalten. Auf Klostermanns Schreibtisch liegt der Terminkalender des Doktors, in dem im Stundenschritten die Namen seiner Patienten eingetragen sind. Nur zwischen 13 bis 14 Uhr ist die Spalte leer, offensichtlich ist das Klostermanns Mittagspause gewesen. Als vorletzter Name ist für 17 Uhr ›Lohmeyer‹ eingetragen, darunter steht bei 18 Uhr in roter Schrift: ›Jacob‹.

Vera Falcks Kollege Koschinsky hat mittlerweile Klostermanns Sprechstundenhilfe – wahrscheinlich nennt sie sich eher ›Praxisassistentin‹ – heranschaffen können. Die Frau heißt Gaby Werth und wohnt nur ein paar Straßen weiter am Hansaplatz.

»Eine Analytikerstunde dauert nur 45 Minuten«, erklärt sie die Eintragungen in dem Patientenplaner. »Sie beginnt zur vollen Stunde und endet um Viertel vor. Die restlichen 15 Minuten braucht der Analytiker, um seinen Bericht zu diktieren und sich auf den nächsten Patienten vorzubereiten. Doktor Klostermann nahm das sehr genau. Er war überhaupt ein Pünktlichkeitsfanatiker.«

»Wann haben Sie ihn heute zuletzt gesehen?«, fragt Vera Falck. »Nach 18 Uhr – nach diesem letzten Patienten, ›Jacob‹?«

»Nein, nein«, sagt Gaby. »Was den Feierabend angeht, bin ich ebenso pünktlich wie der Chef. Ich bin um 17.45 Uhr gegangen, nach der letzten Sitzung.«

»Und der letzte Termin um 18 Uhr für ›Jacob‹?«

»Das war privat. Sein Bruder, Jacob Klostermann. Die beiden sind seit dem Tod ihres Vaters zerstritten. Es geht um die Aufteilung des Erbes ihres alten Herrn. Der Chef war da sehr unnachsichtig gegenüber seinem Bruder. Jacob treibt sich in Künstlerkreisen herum, bei diesen Schauspielern vom Theater ›Fletch Bizzel‹. Der Chef hatte keine Lust, ihm auch nur einen Cent aus dem Erbe zukommen zu lassen.«

Die Praxisassistentin sieht sich die letzte Eintragung in dem Terminplaner an. »Ja, mit diesem ›Jacob‹ kann er nur seinen Bruder gemeint haben. Eintragungen in roter Schrift waren beim Chef immer private Termine.«

»Dann sollten wir uns einmal mit Jacob unterhalten«, meint Vera Falck.

Jacob lebt in Gladbeck, fast am anderen Ende des Reviers, und trotz der nächtlich freien Straßen brauchen die Kommissarin und ihr Kollege für die Fahrt hinüber beinahe 40 Minuten. Das Haus am Gladbecker Nordpark ist dunkel, es dauert lange, bis ein verschlafen wirkender Mann öffnet. »Wissen Sie, wie spät …«

»Jacob Klostermann?«, fragt Vera Falck.

Der Bruder des Toten blinzelt. »Ja?«

»Marcus Klostermann ist vorhin in seiner Praxis erstochen worden«, sagt Vera Falck. Und um nicht lange darum herumzureden, warum sie hier ist, fragt sie auch sofort: »Wo waren Sie zwischen 18 und 19 Uhr?«

Jacob Klostermann blinzelt wieder. »Hier!«, sagt er dann energisch. »Ich habe auf Marcus gewartet. Wir wollten was bereden. Er hatte das gestern mit mir vereinbart. 18 Uhr hier bei mir. Bei Marcus ging ja nichts ohne Termin. Selbst bei … Familienangelegenheiten.« Jacobs Blick wird aufmerksam. »Bin ich verdächtig?«

»Hatte Ihr Bruder Feinde?«, fragt Vera Falck.

»Sie sollten sich einmal mit seiner Sekretärin befassen. Laura … Linda … nein – Gaby! Marcus hatte mal ein Verhältnis mit ihr. Vielleicht hat sie es nicht verwunden, dass er ihr den Laufpass gegeben hat.«

Vera Falck sieht Jacob lange an, dann meint sie: »Warum versuchen Sie, den Verdacht auf Gaby Werth zu lenken?«

»Ich mache Sie nur auf ein paar Tatsachen aufmerksam, die Ihnen vielleicht bisher entgangen sind«, meint Klostermann.

Vera Falck lächelt. »Dabei haben Sie allerdings ein paar Tatsachen außer Acht gelassen, aus denen ganz klar hervorgeht, dass Sie mir eben eine große Lüge aufgetischt haben. Sie waren zwar heute um 18 Uhr mit Marcus verabredet – aber das Treffen sollte nicht hier in Gladbeck, sondern in seiner Praxis stattfinden. Und ich nehme an, Sie waren auch pünktlich da – und haben Marcus dann im Streit getötet.«

Jacob starrt die Kommissarin an. Seine Lippen zucken. Dann fällt seine Arroganz von ihm ab. »Ja«, murmelt er. »Ich bin ein paar Minuten zu spät gekommen, und er machte mir allein schon deswegen wieder eine schreckliche Szene. Da habe ich die Beherrschung verloren.« Er schluckt. »Wie sind Sie dahintergekommen?«

Wie?

Marcus Klostermann ist ein äußerst pünktlicher Mann gewesen. Um 17.45 Uhr ist sein letzter Patient gegangen, um 18 Uhr hat er sich mit Jacob verabredet. Weil Jacob in Gladbeck aber 40 Minuten von der Praxis entfernt lebt, muss die Praxis als Ort des Treffens vereinbart worden sein, denn Marcus hätte es nach seinem Patienten um 17.45 Uhr unmöglich pünktlich um 18 Uhr zu seinem Bruder in Gladbeck schaffen können. Jacobs Behauptung, Marcus habe zu ihm kommen wollen und er habe vergeblich gewartet, war also eine Lüge.

DER INFORMANT

Kommissarin Vera Falck sitzt jetzt schon seit zehn Minuten in der Kaffeebar am Borsigplatz und wartet darauf, dass man sie anspricht. Nicht weil sie Kontakt sucht, sondern weil sie dienstlich hier im Herzen Dortmunds unterwegs ist. Ein Unbekannter hat sie heute Vormittag um 11 Uhr im Präsidium an der Markgrafenstraße angerufen, wo die SOKO Ruhr derzeit stationiert ist.

»Ich habe einen Tipp im Mordfall Jennerwein!«, hat der Anrufer gesagt. Der Stimme nach ein Mann im mittleren Alter, oder ein jugendlich klingender Senior. »Seien Sie um 15 Uhr in der Kaffeebar am Borsigplatz«, hat er geflüstert. »Am Fenstertisch. Ich werde mich dann zu Ihnen gesellen.« Die Wortwahl weist darauf hin, dass der Anrufer wahrscheinlich mehr als einen Hauptschulabschluss hat.

Während des Anrufes hat Vera Falck im Hintergrund noch das Zischen einer Espressomaschine und den Stundenschlag einer altertümlichen Uhr gehört, dann hat der Anrufer aufgelegt.

Jetzt ist es 15 Uhr, und die altertümliche Uhr an der Wand über dem edlen Kaffeeautomaten schlägt dreimal. Vera Falck wartet, doch niemand gesellt sich zu ihr. Es spricht sie noch nicht einmal jemand an – weder der blasse junge Mann mit Kinnbart, der an der Bar bei einem Cappuccino sitzt, noch der Arbeiter der Dortmunder Stadtreinigung in seinem gelb-schwarzen Overall und auch nicht der untersetzte Mann von Anfang 40, der in seinem abgetragenen Anzug und mit den billigen Schuhen wie ein kleiner Angestellter wirkt.

»Das tut gut«, meint der Mann von der Stadtreinigung nach einem langen Schluck von seinem Latte Macchiato. »Den ganzen Tag haben wir draußen beim BVB-Stadion den Müll der

Fans vom DFB-Pokalspiel gestern Abend wegmachen müssen.«

Der blasse junge Mann starrt in seinen Cappuccino. »Ich habe heute drei verzogenen Gören Klavierunterricht gegeben. Das ist genauso anstrengend.«

Der Angestellte nimmt seinen Espresso und meint: »Komisch, immer wenn ich hier sitze, sind Sie auch da!«

»Da mache ich meine Pausen – zwischen den Klavierstunden!« Der junge Mann mustert den anderen. »Richtig, ich erinnere mich – heute Morgen, als ich um halb elf reingeschaut habe, da waren Sie auch schon hier. Und als ich um kurz nach zwölf wiederkam, saßen Sie immer noch da!«

Der Angestellte hebt die Schultern. »Kurzarbeit im Büro.«

Der schicke Barista schäumt am Kaffeeautomaten Milch auf einen Latte Macchiato und bringt ihn der Kommissarin. Sein Blick fällt auf die Ermittlungsakte Jennerwein, die Vera Falck vor sich liegen hat.

»Polizei?«, fragt der Barista leise.

»Mhh«, sagt die Kommissarin und fragt sich, ob der junge Mann sich gleich ›zu ihr gesellt‹.

»Ich habe von dem Fall Jennerwein gelesen«, sagt der Barista leise. »Hat hier jemand etwas damit zu tun?«

»Könnte sein«, meint die Kommissarin. »Wie kommen Sie darauf?«

»Nun, Frau Jennerwein war manchmal hier in der Kaffeebar. Schrecklich, wie sie ums Leben gekommen ist. Ich hatte vorgestern die Spätschicht, deshalb habe ich einiges mitbekommen. Kreischende Bremsen eines Wagens an der Einmündung Borsigstraße, dann das Aufheulen des Motors. Als ich hinausstürzte, sah ich sie an der Ecke Borsigstraße auf der Straße liegen. Von dem Wagen, der sie überfahren hatte, war nichts mehr zu sehen, der muss Richtung U-Bahn und Oesterholzstraße davongerast sein. Aber …«, er dämpft die Stimme, »jeder hier im Viertel meint, dass es Dirk Engelke oder sein Bruder Joschi war, der sie überfahren hat. Ihnen gehört ja das Haus in der Borsigstraße, in dem die Frau Jennerwein gewohnt hat. In den letzten Monaten haben sie es schon leer gezogen, für eine Sanierung, heißt es, aber in Wirklichkeit wohl, um ein Bordell reinzusetzen. Nur die Frau Jennerwein wollte nicht ausziehen … Und die hatte leider vom früheren Eigentümer einen Mietvertrag auf Lebenszeit.«

»Warum hat sich dann kein Zeuge bei der Polizei gemeldet?«, fragt Vera Falck.

»Weil derjenige dann seines Lebens nicht mehr sicher sein kann!«, sagt der Barista. »Die Engelke-Brüder sind unberechenbar.«

Vera Falck mustert die drei Männer an der Theke. »Könnte einer der drei Zeuge des Vorfalles gewesen sein?«

»Gut möglich«, sagt der Barista. »Sie wohnen alle drei hier am Borsigplatz. Carlo arbeitet bei der Stadtreinigung, Knut ist Musikstudent und Klavierlehrer, und Andy ist Buchhalter. Die drei drücken sich seit halb drei hier herum – als würden sie auf etwas warten.«

Damit hat Vera Falck genug gehört – sie weiß jetzt, wer der Zeuge ist, der sie angerufen hat – und dass der Mann nur darauf wartet, dass die beiden anderen gehen, damit er sich ›zu ihr gesellen‹ kann.

Wer ist der Zeuge?

Der Zeuge ist Andy, der Angestellte. Der Zeuge hatte sein Telefonat am Vormittag um 11 Uhr aus der Kaffeebar geführt, was das Schlagen der Uhr bewies, das die Kommissarin hörte. Um elf ist aber nur Andy in der Kaffeebar gewesen.

Lösung 27. Rätsel-Krimi

AGATHAS LETZTER COUP

Kommissarin Vera Falck ist wieder einmal zu Gast im ›Dortmunder U‹ bei der Lesung eines Krimi-Autors aus dem Zechen-Verlag. Sie unterhält sich köstlich bei der Geschichte von der toughen Lokalreporterin Pia Pernod, die in ihrem aktuellen Romanabenteuer hinter einer Bande von Produktfälschern her ist, die Überraschungseier nachmachen. Jetzt sitzt Vera Falck mit Gerlinde Krapp bei einem Caipirinha im Bistro des Veranstaltungszentrums. Die Chefin des Zechen-Verlags hat die Kommissarin schon einige Male gefragt, ob sie nicht Lust hätte, auch einmal einen Krimi zu schreiben. Deshalb wundert Vera Falck sich, dass Gerlinde Krapp ein Manuskript mitgebracht hat.

»Da hat mir ein Literaturagent doch kürzlich einen bislang verschollenen Roman von Agatha Christie angeboten!«, sagt sie und schiebt Vera Falck das dicke Papierbündel hin. »Angeblich enthüllt die Queen of Crime dort, was 1926 in den 14 Tagen geschah, die sie verschwunden war.«

›My Secret Story, by Agatha Christie‹ steht auf dem vergilbten Titelblatt.

Vera Falck beginnt den auf Englisch geschriebenen Text zu lesen: »Die Erinnerung an jene Affäre, in die ich durch einen Auftrag Seiner Majestät George V. im Jahr 1926 verwickelt wurde, ist bis heute nicht verblasst. In diesem Bericht werde ich schildern, was ich seinerzeit tat. Wäre ich gescheitert, hätte die Geschichte eine andere Entwicklung genommen. Elizabeth, die in jenem Jahr geboren wurde, wäre nicht zur Königin gekrönt worden, und Prinz Charles und seine Gattin Diana würden heute ein ruhiges Leben auf dem Lande führen – so wie ich damals, als mich eines Morgens dieser Anruf erreichte ...«

Gerlinde Krapp grinst. »Da meint jemand, er kann mich reinlegen.«

»Genau«, sagt Vera Falck. »Das Manuskript stammt niemals von Agatha Christie!«

Warum?

Lösung Vera-Falck-Quickie

Im Manuskript werden ›Prinz Charles und seine Gattin Diana‹ erwähnt, aber Agatha Christie starb 1976 und Charles und Diana heirateten erst 1981.

TÖDLICHE DOSIS

Es ist kurz nach Mitternacht, als Kommissarin Vera Falck von der SOKO Ruhr und ihr Kollege Koschinsky an den Einsatzort kommen – ein angeschmutzter Wohnblock in der Dortmunder Nordstadt, nicht gerade der besten Gegend der Stadt. Hier wird nicht nur offen mit Drogen gehandelt, hier hat sich vor einiger Zeit auch ein Straßenstrich mit osteuropäischen Prostituierten breitgemacht. Dessen ist man mit einer Verfügung Herr geworden, doch beim Kampf gegen den Drogenhandel muss die Polizei immer wieder Rückschläge einstecken.

»Schon der vierte Drogentote in diesem Monat!«, sagt der Rechtsmediziner nach der ersten Untersuchung des Toten, der von einem Zeitungsboten in einer Toreinfahrt gefunden worden ist. »Eine Überdosis. Genau wie die anderen hat auch er ungewöhnlich reines Morphium in einer Konzentration benutzt, wie sie eigentlich nur von Medizinern bei Schmerzpatienten eingesetzt wird.« Der Arzt deutet auf einen jungen Mann, der in einem der Streifenwagen der Revierwache hockt. »Fragen Sie am besten einmal den Freund des Toten, woher er den Stoff hatte.«

Der junge Mann heißt Martin Pietrek. Kommissarin Vera Falck weiß, dass sie es vorsichtig angehen muss. »Wie ist das alles gekommen?«, fragt sie. »War der Tote Ihr … Freund?«

»Ossi war ein Kumpel«, flüstert der junge Mann. »Ossi war in Ordnung.«

Dann erzählt Pietrek stockend weiter. Wo er den Tag mit seinem Kumpel Ossi verbracht habe. Was sie geklaut haben, was sie gedrückt haben. Zwischendurch zittert er.

»Woher hat Ossi seinen Stoff bekommen?«, fragt Vera schließlich. »Du weißt schon, welchen ich meine.«

Zögernd redet Pietrek. »Ossi hatte da einen Tipp. Heute

Nachmittag. Ein Arzt, der den Stoff direkt rausgibt. Nicht über Rezept und so, sondern gleich, verstehst du, in der Praxis. Ossi wollte so gegen vier zu dem Arzt. Gegen sechs ist er dann zurückgekommen. Wir haben uns in die Toreinfahrt gesetzt, weil das ein guter Platz ist, um die Nacht zu verbringen. Ossi war gut drauf, hat gesagt, dass er den Stoff vom Arzt gekriegt hat … und dann hat er auf einmal Krämpfe bekommen und ist … Ich hab sofort die Polizei gerufen.«

Leider kennt Pietrek weder den Namen noch die Adresse dieses mysteriösen Arztes. »Das war'n Geheimtipp«, sagt er. »Der Doc soll Geldprobleme haben. Deshalb verkauft er direkt in der Praxis.«

»Woher hatte Ossi denn diesen Tipp?«

Pietrek zögert. »Von Frankie Stock … Der ist letzte Woche an einer Überdosis gestorben.« Pietrek sieht die Kommissarin an. »Finden Sie diesen Arzt! Ossi hat erwähnt, dass er seine Praxis direkt bei einer U-Bahn-Station hat.«

»Oswald ›Ossi‹ Wittenbrink, 23 Jahre, drogenabhängig«, rekapituliert Veras Kollege gleich darauf, was sie bis jetzt vom Opfer wissen. »Persönliche Habe, die man bei ihm fand: Ausweis, Zigaretten, Feuerzeug, ein paar Euro, einen Kugelschreiber mit dem Werbeaufdruck eines Kopfschmerzmittels und ein U-Bahn-Ticket für eine Kurzstrecke, entwertet um 17.49 Uhr.«

»Zeigen Sie mal!« Die Kommissarin sieht sich das Ticket an und telefoniert mit einem Bekannten bei der Stadtbahn Dortmund. »Also«, fasst sie danach zusammen. »Das Ticket hat Ossi offenbar zur Rückfahrt benutzt, nachdem er bei diesem Arzt war, denn sein Kumpel erwähnte ja, dass er gegen 18 Uhr wieder hier auftauchte. Anhand der Entwerterkennung kann man sagen, wo Ossi seine Fahrt angetreten hat. Das war die

U-Bahn-Station Kampstraße.« Sie holt ihren Tablet-PC heraus und lässt sich von einem Kartendienst die Gegend um die U-Bahn-Station anzeigen. »Und jetzt«, sagt sie, »suchen wir alle Ärzte in der Umgebung dieser Station heraus und befragen sie gleich morgen.«

Am nächsten Morgen sind sie nach zwei Stunden Recherche schlauer: Drei von zehn Ärzten in der näheren Umgebung der U-Bahn-Station kommen infrage, weil sie Betäubungsmittel in der Praxis lagern. Vera Falck und ihr Kollege Koschinsky besuchen einen nach dem anderen. Dr. Jonas, Allgemeinmediziner in der Petergasse, ist der Letzte auf ihrer Liste.

»Haben Sie gestern einen Drogenabhängigen namens Oswald Wittenbrink behandelt?«, fragt Vera Falck.

Der Arzt ruft seine Sprechstundenbelegung im Computer auf und studierte sie eine Weile stirnrunzelnd. »Nein, tut mir leid. Was ist mit ihm?«

Die Kommissarin fischt einen der Kugelschreiber mit dem Werbeaufdruck für ein Kopfschmerzmittel aus der Federschale auf dem Schreibtisch des Arztes. »Er ist letzte Nacht an einer Überdosis gestorben, gar nicht weit von hier, Doktor. Und wir haben so einen Kugelschreiber bei ihm gefunden.«

»Die werden zu Tausenden verteilt«, meint Dr. Jonas. »Auch in Apotheken. Vielleicht auch im Druckraum der Drogenhilfe. Wenn Sie denken, Ossi hätte das Rauschgift von mir bekommen, dann irren Sie sich.« Er deutet auf den Computerbildschirm. »Meine Assistentinnen führen diesen Terminplaner. Sein Name müsste hier stehen, wenn er hier gewesen wäre.«

»Nicht unbedingt«, meint Vera Falck. »Wann haben Ihre Helferinnen gestern Feierabend gemacht, und wann haben Sie die Praxis verlassen?«

»Die Mädchen gingen um vier, wie üblich«, sagt Jonas. »Ich habe dann noch eine Stunde allein hier gearbeitet.«

»Und dabei Oswald Wittenbrink Drogen verkauft!«, sagt die Kommissarin.

»Ich sagte Ihnen doch bereits, dass dieser Ossi nie hier war!«, entgegnet der Arzt.

»Ja, aber das ist eine Lüge«, meint Vera Falck. »Und ich kann es auch beweisen.«

Wie kann die Kommissarin es beweisen?

Lösung 28. Rätsel-Krimi

Dr. Jonas kennt Oswalds Spitznamen Ossi, obwohl die Kommissarin nur von Oswald Wittenbrink gesprochen hat.

RISKANTES ALIBI

Kommissarin Vera Falck kennt sich in Unna ganz gut aus, deshalb findet sie die Friedrich-Ebert-Straße auch sofort – eine Allee mit schönen alten Bäumen, die hinterm Bahnhof vom Stadtkern am Amtsgericht vorbei hinausführt nach Friedrichsborn, vorbei an der alten Mühle mit dem kleinen Fachwerkhäuschen daneben, in dem lange Zeit das Westfälische Literaturbüro untergebracht war. Matthias Wunderlich wohnt fast am Ende der Straße in der Nähe des Lebenszentrums Königsborn. Das Glück will es, dass vorm Haus auch gerade ein Parkplatz frei ist. Vera setzt den Dienstwagen elegant in die Lücke. Ihr Kollege Schneider von der Kripo Dortmund, der sie heute begleitet, ist davon schon längst nicht mehr beeindruckt – Vera Falck hat das letzte Fahrsicherheitstraining im Ausbildungszentrum in Schloß Holte-Stukenbrock als Lehrgangsbeste abgeschlossen. Auf der gegenüberliegenden Straßenseite steht der Kleintransporter einer Glaserei, und zwei Glaser setzen gerade eine neue Scheibe in das Schaufenster eines Schuhgeschäftes ein, das die Kommissarin nur allzu gut kennt, weil sie dort schon einmal für einen Traum aus Riemchen und Strass fast ein ganzes Monatsgehalt gelassen hat.

»Also«, sagt Vera Falck zu ihrem Kollegen Schneider. »Was haben wir bis jetzt?«

»Einen Mord und einen Verdächtigen.« Schneider blättert auf seinem Tablet-PC in den Notizen zum Mordfall Bredenburg. »Matthias Wunderlich ist unser Hauptverdächtiger. Er war bis vor zwei Monaten der Geschäftspartner von Lukas Bredenburg. Den beiden gehörte eine Firma, die Mobiltelefone aus Asien importierte, und ein kleiner Telefonladen in Dortmund. Vor zwei Wochen kündigte Bredenburg den Gesellschaftervertrag für die Firma und den Laden und verlangte von Wunderlich eine halbe

Million Euro, die dieser angeblich zu Privatzwecken von den Firmenkonten abgezweigt hatte. Wunderlich bestritt das und schaltete seine Anwälte ein – Kanzlei Erlemann und Partner aus Essen, also allererste Klasse. Aber Bredenburg blieb hart und kündigte an, Beweise für Wunderlichs Betrügereien vorlegen zu können. Doch ehe Bredenburg dazu kam, wurde er gestern Abend um 20 Uhr auf dem Parkplatz des Ladens in Dortmund-Hörde in der Nähe des Phoenix-Sees erschossen. Der Täter hat ihm aufgelauert und hatte es offenbar auf eine Aktentasche mit Unterlagen abgesehen, die Bredenburg bei sich hatte, denn sie wurde nicht bei dem Toten gefunden. Wir können also wohl annehmen, dass die Tasche die Unterlagen enthielt, mit denen Bredenburg seinem Partner die Betrügereien nachweisen wollte.«

»Gut«, sagt Vera Falck entschlossen. »Dann schauen wir jetzt einmal, ob wir Herrn Wunderlich den Mord an seinem Partner nachweisen können.«

Matthias Wunderlich öffnet ihnen nach dem ersten Klingeln. Er ist 42 und sieht richtig gut aus – sportlich, braungebrannt, mit vollem Haar, das er, wenn Vera Falck das richtig sieht, ein bisschen nachgefärbt hat. Aber was soll's – heutzutage färben ja vom Spitzenpolitiker bis zum Showstar alle nach.

»Ich habe schon mit Ihnen gerechnet!«, sagt er angesichts von Veras Dienstausweis. »Ein Kollege aus der Firma hat mich angerufen und erzählt, dass Lukas … Herr Bredenburg … nun ja …«

»Er wurde ermordet«, bringt Schneider es auf den Punkt.

»Ja«, sagt Wunderlich und schluckt. »Ich weiß.«

»Dann wird Sie die Frage nach Ihrem Alibi nicht überraschen«, sagt Vera Falck knapp. »Wo waren Sie gestern von 19 bis 21 Uhr?«

»Hier!«, sagt Wunderlich, nun schon weit weniger betroffen als eben. »Leider allein.«

»Das ist kein Alibi«, sagt Schneider.

Wunderlichs Blick zuckt von ihm zu Vera und wieder zurück. »Also ... gestern gegen 20 Uhr ist da drüben ein Motorradfahrer ins Schaufenster des Schuhgeschäftes gerast. Ich habe es klirren gehört und aus dem Fenster geschaut. Die Polizei kam ziemlich schnell und auch ein Krankenwagen. Der Motorradfahrer war nicht schwer verletzt, die Polizisten haben ihn vernommen, und dann brachte ihn der Krankenwagen weg.« Wunderlich denkt kurz nach. »Eine aufgeplatzte Augenbraue und zwei Schnittwunden vom Glas im Oberarm – der Bursche hat mehr Glück als Verstand gehabt.«

»Ich überprüfe das«, sagt Schneider und holt sein Smartphone heraus.

»Das Ganze dauerte fast eine halbe Stunde«, sagt Wunderlich. »Ich habe mir alles angesehen.« Er zuckt mit den Schultern. »Nennen Sie mich jetzt ruhig einen Gaffer!«

»Komisch, dass dieser Unfall genau zur Tatzeit passierte«, meint Kommissarin Vera Falck. »Und vielleicht wissen Sie auch nur von Ihren Nachbarn davon.«

»Mit denen rede ich nicht!«, grollt Wunderlich.

Schneider schaltet das Smartphone aus. »Die zuständige Polizeiwache hier in Unna bestätigt den Unfall gestern um 20 Uhr«, sagt er. »Der Motorradfahrer heißt Herbert Knurr. Er wurde im Katharinen-Hospital behandelt – seine geplatzte Augenbraue musste genäht werden, außerdem zwei tiefe Schnittwunden am Oberarm.«

»Dieser Herbert Knurr ist Ihr Komplize«, sagt Vera Falck plötzlich zu Wunderlich. »Er hat seinen Unfall genau um 20 Uhr inszeniert, während Sie Bredenburg töteten, damit Sie mit Ihrer angeblichen Beobachtung ein Alibi präsentieren konnten.«

Was ist Vera Falck aufgefallen?

Lösung 29. Rätsel-Krimi

Wunderlich kennt die drei Verletzungen des Motorradfahrers, obwohl er den Vorgang angeblich nur aus der Ferne gesehen hat. Also muss er Kontakt zum Fahrer gehabt haben.

ELLYS LETZTER GAST

Es ist ein Routinetermin, der Kommissarin Vera Falck in den kleinen Polizeiposten von Fröndenberg, weit hinter Dortmund am äußersten östlichen Rand des Reviers, geführt hat. Hier leben nur etwas mehr als 20.000 Seelen, und die einzige Sehenswürdigkeit neben der Evangelischen Stiftskirche ist das Kettenschmiedemuseum, das ein Verein in einer alten Papierfabrik eingerichtet hat. Vera Falck hat sich dort von einem kräftigen Schmied im Rentenalter erklären lassen, wie man ordentliche Ketten schmiedet, ehe sie zum Polizeirevier gefahren ist, um von den Kollegen einige Fragebögen für eine statistische Erhebung des LKA ausfüllen zu lassen.

Das hat nur eine halbe Stunde gedauert – weil sich die Kriminalität in Fröndenberg in Grenzen hält.

»Einen Mordfall allerdings«, sagt Wachtmeister Becker, als er mit der Kommissarin noch bei einer Tasse Kaffee zusammensitzt, »hatten wir auch schon einmal in Fröndenberg. Und zwar vor einem halben Jahr. Elly Merscheid wurde in ihrer Wohnung tot aufgefunden. Der Täter hatte sie offenbar bei einem Streit erdrosselt.«

»Und?«, fragt Vera Falck. »Haben Sie den Täter ermitteln können?«

»Leider noch nicht«, gibt der Wachtmeister zu und holt eine dicke Akte und eine ebenso dicke Mappe mit Tatortfotos aus seinem Aktenschrank. »Hier sind die Unterlagen. Haben die Kollegen aus Dortmund vergessen, die in der Sache hier ermittelt haben. Wenn Sie einen Blick darauf werfen wollen? Elly Merscheid war 27 und arbeitete als Verkäuferin in der Konditorei von Jost und Marianne Hinrichsen am Kirchplatz. Einen festen Freund hatte sie nicht – aber eine lockere Bekanntschaft mit einem Burschen namens Robbie

Deuticke. Der war auf dem Bau beschäftigt und hier bei uns gut bekannt, weil wir ihn gelegentlich ausnüchtern mussten, wenn er wieder zu viel getrunken und in der Kneipe einen Streit angefangen hatte. Am Abend des 23. März hörten die Nachbarn einen lauten Streit aus Ellys Wohnung. Der Wortwechsel zwischen Elly und einem Mann begann gegen 22 Uhr und endete mit lautem Poltern um 23 Uhr. Danach war Stille – und am nächsten Morgen fand eine Freundin Elly tot in ihrem Wohnzimmer. Es gab Spuren einer Auseinandersetzung: kaputtes Porzellan und zerbrochene Gläser. Elly war hiermit erdrosselt worden.« Der Polizist zeigt der Kommissarin das Bild eines dünnen Metallfadens in einem Asservatenbeutel.

»Eine Gitarrensaite?«, fragt Vera Falck verblüfft.

»Genau – die E-Saite einer Gitarre«, sagt der Wachtmeister. »Nicht neuwertig, aber offenbar auch nicht zum Gitarrespielen benutzt.«

Vera Falck runzelt die Stirn.

»Seltsam, nicht wahr?«, fährt der Wachtmeister fort. »Wir und die Kollegen von der Mordkommission aus Dortmund nahmen an, dass der Täter diese Saite aus irgendeinem Grund bei sich hatte und sie dann als Mordinstrument benutzte, als der Streit mit Elly eskalierte. Dass die Saite aus Ellys Wohnung stammt, konnten wir ausschließen – Elly hatte nichts mit Musik zu tun, niemand hatte je eine Saite bei ihr gesehen.«

»Gab es denn Verdächtige?«, fragt Vera Falck. »Wer war der Mann, mit dem sie Streit hatte?«

»Dessen Identität konnten wir nicht ermitteln«, sagt der Wachtmeister. »Entweder war es ihr Chef Jost Hinrichsen oder ihr Freund Robbie Deuticke. Beide waren gegen 22 Uhr von den Nachbarn vorm Haus gesehen worden. Deuticke behauptete, zu dem Zeitpunkt Elly gerade verlassen zu haben, und das Gleiche sagte Hinrichsen: Er habe nur kurz bei ihr hereingeschaut und sei vor 22 Uhr wieder fort gewesen.«

»Warum sollte ihr Chef bei Elly vorbeischauen?«, fragt die Kommissarin.

Der Wachtmeister grinst. »Nun ja – jeder hier tuschelte schon lange, dass Hinrichsen ein Verhältnis mit der Verkäuferin in seiner Konditorei hatte. Ein Verhältnis, das nicht ganz problemlos gewesen sei. Das gab er auch zu, als wir ihn deshalb befragten. Elly habe ihm immer Vorwürfe gemacht, dass er sich nicht scheiden lassen wollte. Und ihr Freund, Robbie Deuticke, ahnte etwas von dem Verhältnis und war deshalb eifersüchtig. Hinrichsen hatte nur ein schwaches Alibi für die Zeit zwischen 22 und 23 Uhr – angeblich hat er in der Backstube seiner Konditorei Torten vorbereitet. Seine Frau hat bestätigt, dass zu der Zeit das Licht in der Backstube brannte. Robbie Deuticke hatte überhaupt kein Alibi für den Tatzeitraum. Wir haben bei beiden nachgeforscht, ob sie Beziehungen zu Musik hatten – Fehlanzeige: keiner spielte Gitarre, keiner hatte etwas mit einer Band zu tun. Wir mussten einfach annehmen, dass es reiner Zufall war, dass der Täter diese Gitarrensaite dabei hatte.«

Vera Falck nimmt die Gitarrensaite und meint: »Es war kein Zufall, dass der Täter diese Saite bei sich hatte. Sie sollten Jost Hinrichsen vorladen. Er hatte einen guten Grund, diese Saite bei sich zu haben.«

Was meint Vera Falck?

Lösung 30. Rätsel-Krimi

Als Konditor benutzt Hinrichsen die Gitarrensaite zum horizontalen Teilen von Tortenböden. Hausfrauen verwenden dazu normalerweise einen Zwirn, der aber nicht so exakt schneidet wie eine Gitarrensaite.

Weitere Krimis finden Sie auf den folgenden Seiten und im Internet: www.gmeiner-verlag.de

Claudia Rossbacher
Enter ermittelt
978-3-8392-1371-1

»Von wegen Goldenes Wienerherz! «

Von wegen Goldenes Wienerherz! Hier wird zugeschlagen, vergiftet, geschossen, gewürgt und zugestochen, bis der Tod eintritt. Wien ist gefährlich. Doch der kultige Kommissar Franz Enter legt jedem Verbrecher schnell das Handwerk, dafür braucht er nur ein paar Seiten. Helfen Sie ihm 30 kniffige Fälle zu lösen und lernen Sie dabei die Stadt mit ihren unterschiedlichen Milieus kennen – schwarzer Humor, morbider Charme und Wiener Schmäh inklusive!

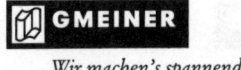